俺たちの明日へ

松浦六三四

俺たちの明日へ　目次

俺たちの明日へ

【主な登場人物】

浜茶卓造　雑貨店バン・フィールドの経営者
ハナ・バン・フィールド　卓造の妻・ユダヤ人
カイ・バン・フィールド　卓造とハナの息子
ロバート・バン・フィールド　ハナの弟、連邦保安官
チャーリー・ダグラス　カイのクラスメート
リラン・リトル　カイのクラスメート（黒人）
リタ・ジョージィ　リランの恋人
張龍　黒人学校教師・医師、中国人
礼輝《レイホエ》　黒人学校武術教師、中国人
ギニー・バンフェルト　雑貨店経営者

一、えたの子に生まれて

えたの子

「人は何のために生きているのか」「この世の身分や差別は誰が決めたのか」「貧富の差は何故あるのか」

疑問は次々とわいてくる。

浜茶卓造が、自問を繰りかえさない日はなかった。幼い頃から社会から必要とされていない人間、あるいはそれ以下の存在だと、伏して生きることを強要されてきたのだ。

生きにくい時代だった。我慢の限界はとうに超えていた。息がつまりそうで、ひとりになると、拳をふるわせ、叫びそうになることも屡々《しばしば》だった。

士農工商の身分制度（武士階級と平民の区別でもあったが）が確固として現存していた。

身分は、人の序列・価値となって、生き方までしばりつけた。

卓造の両親の身分はと言えば、身分支配にさえ分類されない最下層の長吏（賤民）・非人だった。部落の住民は、「えた」という蔑称《べっしょう》でよばれた。卓造は、その「えた」の浜茶の家の長男として、安芸の国で生まれた。

父母は、寝る間も惜しみ、汗水たらし這いつくばるようにして、僅かな田畑を耕した。しかし、それだけではすまなかった。死んだ牛馬の処理、皮革のなめし、死者の埋葬など、人の嫌がる仕事を強いられた。なかには、行刑係、牢番人まで引き受けさせられる者もあった。その結果、世間からは、「穢《けが》れの多い者や罪人が行う生業」につく者として、ますますつまはじきされることになった。

しかも、「賤民《せんみん》と結婚すると血が穢れる」「賤民の子は、いつまでたっても賤民だ」と蔑《さげす》まれた。そこに生まれれば、そこしかいる場所も逃げる場所もない。職業まで決められ、夢など育てようがない。どこまで行ってもがんじがらめ。どんなに努力を重ねても、賤民の身分から抜け出すことはおろか、平民とは結婚することもできない。いざ結婚しようとして、それを無理やり押し通そうとすれば、二人に突き付けられる現実は厳しいものだった。「平民」である当人が、親族から泣かれ、出入り差し止めになり、離別されるのがおちだ。駆け落ちしようにも、行き場がない。心中話、自死、泣き別れ、この村でもそんな話は数えきれない。

卓造は、幼い頃から利発な子どもだった。父母を助けて妹の面倒もよくみるし、野良仕事も水汲みも力仕事も、子どもには困難だといわれる春の農作業に必要な縄や筵《むしろ》などを作る冬場の藁《わら》仕事さえも、自らすすんで年齢以上によく働いた。どこか漠然とはしていたが、好奇心も探究心も旺盛で、心底には、読み書きには止まらない学問への憧れを持っていた。

両親は、嘆くことも人を誇《そし》ることもせず、卓造と妹を慈しんで育ててくれたが、ふとした瞬間、心に重りを抱えたような顔をすることがあった。夜更けに、顔を見合わせ、ため息をついている父母の姿や涙ぐむ母を見たこともあった。今思えば、父母にこそ、子どもたちには言えない辛い日常があったのだろう。

その頃の卓造には、まだぼんやりではあったが、それがなんなのか、少しずつ分りかけていた。だから、一生を牛馬のように、この地に縛りつけられたままのお先真っ暗な人生はご免だった。長ずるに従い、この村を一刻も早く出たいという思いが強くなっていた。

巷では、「黒船」再来航の話でもちきりだった。代将マシュー・ペリーが率いるアメリカ合衆国海軍東インド艦隊の蒸気船二隻を含む艦船四隻が、浦賀に来航。開国勧告をして立ち去ったのだが、人々は、その姿から「黒船来航」と騒いだ。今回、再び来航したペリーによって「日米和親条約」が結ばれたことは、安芸まで聞こえていた。自分の知らないところで、なにか途轍《とてつ》もないことが起っている気配がした。卓造は、大人たちの話に耳をかたむけ、いつかは故郷を出て、自分も黒船を見たいものだと思った。この地を離れるには、どうしたらよいのか、毎日真剣に考えた。そして、村の誰彼を思い浮かべているうちに、名案を思いついた。方法はある！

卓造は、思い立ったが吉日とばかり、「丁稚奉公に出たい」と父母に訴えた。自分が行くことになれば、口減らしにもなり、いずれは仕送りも出来るに違いないと、両親を説得した。

わが息子ながら「卓造には見所がある」と信じてやまない両親は、揃って快く同意した。丁稚奉公が、息子の門出につながればと考えたのだ。具体的な奉公先探しが始まった。亡くなった父方の祖父の知人など、さまざまな伝手を頼り、つけ届けまでして、やっと大阪の海産物問屋に奉公することが決まった。卓造一三歳の春のことだった。

丁稚奉公

口入屋に連れられ、たどり着いたところは、大阪の船場だった。大きな店が立ち並び、誰もが忙しそうに行き来していた。卓造は、広島をでるときに父が言った言葉を思い出した。温厚な父に似合わぬきっぱりとした口調で、噛んで含めるように
「いいか、大阪では、絶対にえたであることをしゃべってはならない。えたは、丁稚にもなれない。ここのことも、うちも、家族も、全部忘れろ」と言ったのだ。
慌ただしげな人の流れを見つめながら、卓造は、心に期していた。
「おれは、人から見たら子どもだろう。確かに、いまは、まだこの人込みのなかの豆粒のような名もない小さな人間だ。でも、いつかきっとひとかどの人間になってやる」初めての大阪で、武者震いをする卓造だった。

「おい　こっちだ。早くあいさつせんかい」
店には、主人、大番頭、番頭、手代、丁稚がいた。海産物を手広く商う店だけに、丁稚の仕事は、倉への海産物の出し入れ、力仕事、洗い方など多岐に渡っていた。早い話が給料の出ない雑役で、店に出て商いをするようになれるのは、はるか遠い先の話。長い年季が必要だった。他に、住込み故に、閉店後は、番頭や手代から礼儀作法

や商人となるためのノウハウを徹底的に叩き込まれた。卓造は、ここでも、のがれきれない上下関係＝身分格差のようなものを感じることになった。

着いた翌日、夜が明けないうちにたたき起こされた。ニシンや昆布を「洗え」というのだ。固くて、長くて、これまで見たことがない大きなニシンは、数千本あると思われた。おかげで、いくら洗ってもなかなか減らなかった。そのうち
「なにを、もたもたしているんや」と怒鳴られた。食事は、奉公人の序列が順番となるので、番頭、手代が先だ。丁稚の新参者である卓造が食べるころには、もうほとんど残っていない。丁稚奉公は、食べるのも、寝るのも、わが身を動かすことさえ自由にならない日々に慣れることから始まった。いまさらながら、部落での暮らしや家族の温もり、ありがたみを実感した。

しかし、卓造は負けん気が強い人間だった。幸い体力にも自信があった。

「いまにみていろ」と、すべての物事に必死でくらいついた。楽をしようとは思わなかった。その日から、目をこらして、先輩たちの一挙手一投足を極力見逃さないようした。分かれば出来ると信じた。確認した動作は、どこが自分と違うのか、納得でき

るまで何度もくりかえした。ニシン洗いも、御用聞きも、どんな雑用も素早くこなすことが出来るよう努力した。小さな積み重ねに見えても、努力や精進は少しずつ実を結びつつあった。

一番辛かったのは、くたくたの身体に睡魔が襲いかかる算筆の時間だった。早朝からの仕事で、じっとしていると、自分の意志に反して瞼が下りてくる。うとうとする度に、番頭や手代に、何回も叱責されど突かれた。しかしある日、先輩たちが、受取をすらすら書くのを見て思った。自分には出来ないことだった。

多少の読み書きはともかく、そろばんや商いの決まりごとを知らなくては、商いは出来ない。父母を楽にしたいと思えば、商いほど確実な道はない。いつか元手さえ得ることが出来れば、小商いくらいはやれる日がくるかもしれない……。算筆を身につけることは、自分の今後にとっては、必須だ。今はただ働きだが、せっかく与えられている学びの場をふいにしてはもったいない。日々をやり過ごすことで精いっぱいだった卓造が辿りついた新境地だった。

気持ちを入れ替えれば、叱られることも苦にはならなくなった。

「ご明算」が続くと嬉しかった。読み書きに熟達すると、やっていることに興味がわく。苦手のそろばんも、いつの間にか使いこなせるようになっていた。気がつけば、叱られることもなくなっていた。計算が出来るということは、商いに限らず、仕事の段取り、所要時間など丁稚暮らしのすべての見通しが持てるということだった。

「丁稚どん」「卓松」と呼ばれることにも慣れた。そして、五年の歳月が流れた。

年季が明ける頃になると主人や番頭まで、はじめは鈍くさかったが成長めざましい卓造に、「ここで辛抱したらどうや」と言ってくれるようになっていた。

卓造はといえば、引き続きここで働く気も、故郷へ帰る気もなかった。年季明けからの自分の進む道はもう決めていた。

卓造が奉公して四年目の夏、流行り病にかかり、父も母も妹も亡くなっていた。もはや帰らねばならない故郷も、守らねばならない親兄弟もなかった。手かせ足かせとなるものは何一つない。そのかわり、これからは、ひとりで生きていかねばならない。

卓造も人の子だった。しばらくは、苦労をかけた両親の夢を見ては泣いた。何一つ恩返しが出来なかったこと、一旗揚げて楽をさせる夢がかなわなかったことが悔やまれた。拠所《よりどころ》を失った寂しさも、いつまでも続いた。

たった一人の妹だった。もらった菓子一つにも、妹に食べさせてやりたかったと思わずにはいられなかった。晴れやかな衣装に身を包んだ同じ年恰好の女の子を見れば、せめて一度でもいいから妹にも着せてやりたかったと言う思いがよぎった。妹の一生もまた、いたしい（辛い・苦しい）ことばかり。あまりにも短すぎた。妹の、「あののあんちゃ～ん」の声は、いまも耳元にある。

でも、父母も妹も、もう戻ってはこない。嘆いても泣いても、心が後戻りするだけ。同じ生きるなら、大志を持とうと自分に言い聞かせた。

初志を貫き、のれん分けが叶い、商いができるようになるまで、ここにしがみつき、地道にコツコツ生きるのも悪くはないだろうが、これが潮時というものかもしれないと卓造は思った。

二、未知への航海

北前船に

当時、ニシン・昆布などの海産物は、北海道の港から大阪に運ばれていた。積み荷の上げ下ろしなどで、顔見知りになった北前船の人夫たちから、航海の様子を耳にすることがあった。それは、卓造の知らない世界だった。いつしか、この先には何があるのか知りたくなった。未知の世界に旅立ちたい、本気で船に乗りたいと思うようになっていたのだ。

北前船の一年越しの航海は、多くのものに出会う機会を与えてくれそうだった。卓造は、この北前船の欠員補充を考えていた船の関係者に話をしてもらい、運よく人夫見習いとして、年季明けを待っての乗船許可を取り付けていた。

その春、僅かばかりの荷をまとめ、卓造は、北前船に乗り込んだ。当時の北海道・函館では、「江差の五月は江戸にもない」といわれ、ニシン漁による繁栄にわいていた。

北前船は、一年一航海だ。西廻り航路は、大坂を基点に蝦夷へ向けたもので、北国の船乗りたちは二月頃に春祭りを済ませ、大坂に向かって出発。五〜六日かけて大坂着。四月初めに出帆・瀬戸内海、日本海の寄港地で商いをしながら蝦夷地に向かった。蝦夷地では六月頃に海産物を買いつけ、七〜八月頃に出航。冬の初めに大阪に戻った。積荷は蝦夷に行く下りが米、酒、塩、砂糖、紙、木綿などで、大坂に行く上りは昆布、鰊などの海産物や〆粕（肥料効果が着目されていた鰊の搾りかす）だった。

卓造は、ここで身を張って働く海の男たちの気風や人情にふれた。彼らは、ぶっきらぼうで、すこぶる口が悪い。ところが、不慣れな仕事で戸惑う卓造に、

「馬鹿野郎、なにをしているんだ！」

大きな声でどつきながらも、すぐに手を貸してくれる。困難にぶつかって悩んでい

る人間を放っておいたりはしない。ここには、なにかにつけて上下に拘るのではなく、働く仲間を対等な存在として認める男たちがいた。

卓造は、すぐに、仕事にも船でのくらしにも慣れた。朝から晩まで、働き尽くめの丁稚奉公に比べれば、天候の異変などがない限り、海の上での仕事も暮らしも、自由でやりがいのあるものだった。

夜は、それぞれのお国自慢や、得意の歌も飛び出した。酒の肴としての自慢話や体験談に、びっくりしたり、感動したり。卓造にとっては、またとない学習の場だった。中には、乗っていた船が難破して異国に漂着した体験を持つ者や、卓造の知らない技術を持つ者、さまざまな知識や学問を身につけた博識な者もいた。彼らの話してくれる異国の話は、商家の明け暮れでは知りえないものだった。風景、人、漁、暮らしの習慣、衣食住に至るまで、彩りにあふれ、卓造に世界への目をひらかせ、未知への憧れを育ててくれた。

禁門の変が起こったのは、その頃だった。天皇の住まいである御所に銃を向けた長州藩は、朝廷の敵とされた。幕府は、西国二一藩に対して、朝敵となった長州征伐の出兵命令を出した。一度目は、長州とは衝突せず難を免れた。やがて二度目の長州征伐では、広島の地が安芸口の前進基地とされ、多くの軍勢が求められた。このため、卓造の故郷をはじめ近隣の農民は、否応なしに巻き込まれたばかりか、たくさんの被害を蒙ったという話も人づてに聞いていた。

かれらは、どんな話にも好奇心旺盛で熱心に耳を傾ける卓造に、

「鎖国のように内にこもっている時代は終わった。これからは、島国日本のなかだけではなく、外国人相手に商いをやるくらいの度胸と見識を持たないといけない」と、当然のことのように説いた。彼らは、外側から日本を見た事がある人間だった。やがて来る日を予測するかのように

「そうだ卓造！ 俺は、通詞をやっている人間を知っているが、それはすごいもんだ。お前が外国人と話せるようになれば、鬼に金棒だ。商いには、もってこいだ」

「少しは先を見て人のやらないことをやれ」

「お前は若い、なんでもやってみろ」船主の縁者まで口を揃え、激励してくれた。

卓造がまだ部落にいた頃、隣村に程近いところに教会があった。寺子屋に行けば、

え、た、の子だと蔑まれ、唇を噛みながら引き返す日々。二つ下の妹をかばいながら、卓造兄妹が飛び込むのは、教会だった。卓造たちと関われば、住民から苦情がくると言うのに、牧師はいつ行っても態度を変えなかった。牧師は、日本語を話した。

「いらっしゃい。新しい本がありますよ」

時には、「紅茶をどうぞ」とまで言ってくれる日もあった。

教会は、俗社会とかけ離れた別世界。兄妹のかけがえのないオアシスだった。甘いお茶はまだ見ぬ異国の幸せの味がした。あの頃、牧師に重ねた異人や異文化への憧憬と信頼感は、いまも持ち続けていた。今更ながら、「あの頃、牧師様に外国語を教えてもらっていたら……」と思ってみても、後の祭りというものだ。

大阪では、酒、食糧、衣類、たばこなどの下り荷を仕入れ、北海道に向かった。塩、砂糖、蝋《ろう》は瀬戸内海で、米は東北から買い付けられた。北海道から大阪に向かう登り荷には、身欠ニシン、数の子、昆布以外に、魚肥用の胴鰊《どうにしん》や〆粕なども積まれた。船主の依頼を受けて、寄港する度に、品物を買い集めたり売りさばいたりと大忙しだった。卓造も補助をおおせつかった。そのうちに、卓造が算筆に長けていることが認められ、手を貸すことも増えた。積み荷が揃うまで、駆り立てられるような忙しさに巻き込まれた。寄港先で仕入れた品物を、必要とされるところで売りさばく。この繰り返しだが、一年一航海で十分な採算が取れていることは、卓造にも見て取れた。それが証拠に、船主は次々と船数を増やしていった。

北前船の積荷利益は「千石船一航海の利益は一千両」「下り荷三百両、上り荷七百両」といわれ、危険も伴うが利潤の高い商いだったのだ。卓造も知らず知らずのうちに、商いとは何かを身につけていた。

異文化コミュニケーション

ニシンは、五~六月に漁獲された。船乗りたちは、夏の帰路にむけ、買い付けの準備を進めながら、二か月余りを函館に止まり、ニシンの乾燥や油絞りなどの仕事を手伝うのが常だった。

当時の函館は、一八六〇年に開港。英国領事館や英国教会があり、諸術調所もおかれていた。この学問所には、蝦夷開拓に必要な知識や技術の開発はもちろん、函館に来航した外国人からも知識を得て人材を育成するという目的があった。

江戸の蕃書調所では、理論を教えたが、箱館諸術調所は、実地を重視していた。蘭学、測量、航海、造船、砲術、建築、化学などが学べることから、全国各地から若者が馳せ参じた。また、この諸術調所では、身分はいっさい区別せず、試験の結果に基づく成績だけで評価して入学させた。諸術調所には、さまざまな人々が出入りしていた。卓造は、時間を見つけて、この諸術調所や英国教会を訪ね、水夫の先輩の言葉通り、異国の言葉を身につけたいと願い出た。

諸術調所は、進取の気風にあふれていた。最初から入学こそ無理だったが、卓造の願いに驚くどころか、熱心に話を聞いてくれた。そのうえ、親切に人を紹介してくれたり、どうしたら身につけられるか考えてくれたりした。

卓造は、こうした援助に感謝し、語学に通じた先達を紹介されると、飛んで行った。会えた相手には、平身低頭誠意を込めてお願いをした。熱意に押された相手の了解を得て、連日通いつめた。こうして、教本となる書物の写しの写しをとらせてもらうことが出来た。教本にあたる冊子の写しは、どこでも手に入るものではなく、宝物に等しかった。卓造は寝る間も惜しんで必死になって異国の会話術を、写しがぼろぼろになるまで覚え込んだ。強い志は、学ぶ力だ。

語学を身につけるのは、正しい音を聞き分け、意味を理解し、正しい発音を臆さずくりかえすことしかない。発音は、聞き取るチャンスが少なくむつかしかった。でも、何もしなければ身につけることは出来ない。臆してなどいられなかった。卓造には「我以外みなわが師」だった。外国人を見かけると、駆け寄って話しかけた。まだまだ手振り身振りを交えた片言ではあったが、少しずつ外国人とも話ができるようになっていった。

その年、一五代将軍の徳川慶喜が、大政奉還。王政復古の大号令により、明治政府が誕生した。これに伴い領民〈籍〉の返還を申し出る領主も現れた。

さらにその数年後には、版籍奉還・二六一の廃藩置県が行われ、中央集権国家のしくみが誕生することになるのだが、まさに時代が大きく変わろうとしていた。多くの人々がこうした変動に飲み込まれ、この国の行く末に胸騒ぎを感じる時期でもあった。

長い航海の明け暮れは、未知への旅路であり、卓造に多くのものを身につけるきっかけとチャンスを与えてくれた。しかし、卓造は、もっと時代に添った何かに身を投じたいと思っていた。

卓造は、思い切って北前船を下りることにした。

移民船でハワイへ

ある日、卓造は、耳寄りな話を聞いた。近く、横浜からホノルルに向け、移民第一号となる日本人を乗せた船が出るという。どうやら三五〇人もが海を渡るというのだ。キャプテンクックに発見されたハワイは、こうした人々が入国して以来、疫病が流行した。その結果、免疫がない原住民の多くが命を落とし、人口が一気に減ってしまった。

やがて、外国人も土地所有が認められるようになった。この土地所有法の成立で、国の借金は、王領地、官有地、族長地となっていた土地を売ることで購われた。権利意識などなく無欲で善良な人々は、僅かな金額を提示されても、後先を考えず、あっさり土地を手放した。一方外国人たちは、赤子の手をひねるように簡単に、広大な土地を一挙に獲得してしまった。彼らは、輸出用資源の大規模経営を進めるために、この土地を利用した。これが、大量生産を目的とするサトウキビ農場設立に拍車をかけた。ところが、国内では労働力が賄えない。急増するサトウキビ農場や製糖工場を機能させ、ハワイの産業振興と人手不足を補うためには、どうしても外国の労働者の確保が求められていた。こうして、国外の労働力を輸入するために結ばれた「日布条約」により、移民が実施されようとしていた。三年契約による雇用で、賄いを除き、給料は一ヶ月四ドル。契約期限が満了すれば、日本に無償で送り届けてくれるという。悪くない条件だった。

卓造は、北前船を降り、この話にのることにした。当初は三五〇人が乗船する予定だったが、ハワイと日本の政府間交渉が長引いた。調整には時間がかかり、旅券は、予定の四月になっても発行されなかった。おかげで、出発は思いの外遅れることになった。移民の希望者は、横浜で待機していた。横浜には、外国人居留地があった。

卓造は、こんな時も、この外国人居留地に出かけ、英会話を学んだ。

出発は、数ヶ月遅れた。その間に事情が変わって、ハワイに行くのを断念する人々も少なくなかった。結局、政府の許可を得ぬまま、総勢一五〇人の出立となった。これが、明治元年であったことから、彼らは「元年者」と呼ばれるようになった。やがて、カウアイ島に到着。それぞれが、サトウキビプランテーション（単一の作物を大量に栽培する大規模農園）に配置された。

卓造は、入植はしなかった。そのかわり、かなりしゃべれるようになっていたこともあり、移民となった人々のプランテーションとの交渉や、生活用品の調達などの雑事や相談相手の役割を引き受けることになった。

この「元年者移民」の大半は、農業従事者ではなかった。慣れぬ農作業に加え、一日一〇時間以上に及ぶ労働。休暇は、月一日あればよい方だった。移民の働かせられ方は、想像以上に過酷なものだった。手渡される給与は、諸経費を差し引いた金額だった。しかも、日本とは労働契約や制度、生活習慣の違いがあった。サトウキビプランテーションによって違いはあったのだが、移民として入植はしたものの、生活習

慣や言葉が通じない不安や誤解もあり、

「監督者が暴力をふるう」

「約束が違うと言ったら、鞭を出してきた」

「これでは、奴隷になったようだ」と言う声や、一日も早い帰国を希望する者もいた。

やがて日本政府にも「日本人移民が、ひどい待遇を受けて苦しんでいる」と言う情報が届くことになった。

日本政府としては、そのまま放置するわけにもいかず、日本人の安全確保のため、ハワイに使節団を送った。使節団は、ハワイ政府と交渉せざるをえない事態になっていた。結局四〇人が使節団と帰国。残る一一〇人は、年季いっぱい働くことを希望してハワイに残留した。卓造は、みんなの話に耳傾け、雇い主との交渉の通訳、使節に事態を報告するなど出来る限り協力した。

三、生涯の伴侶はユダヤ人

ハナと出会う

卓造が、地元の食堂で働いていたハナ・バン・フィールドと知り合ったのは、その頃だった。ハナは、ユダヤ人だった。彼女の先祖は、帰るべき祖国を持たない離散民そのものだが、彼らは知的水準がたかく、商才にも長け財を成している者も多かった。すでに、ハワイには、プロテスタント伝道団が入り、社会的な力を持ちはじめていた。

ハナは、利発な娘だった。どの客にも分け隔てなく、明るい声で、豊富な話題を提供、しかも、グラマラスで笑顔がとびっきりキュートだった。

「ハナの声を聞かないと、一日が始まらない」と言われる人気者で、彼女を目当てに食堂に来る客も少なくなかった。

　卓造は、毎日食堂に出入りしているうちに、ハナから英語を教えてもらうようになった。卓造自身は、必要性からかなりの会話力を身につけてはいたが、独学ゆえの悪いくせもあった。会話の先生として、これほど適任者はいない。二人は、年齢が近いこともあり、急速に親しくなった。教え方がうまいハナの生きた会話の手ほどきで、卓造の英語力はますます上達した。住民との対話にも淀《よど》みなく、時にはユーモアでかえせるほどゆとりあるものになっていた。

　そのうち、食堂が忙しい時には、見かねた卓造が自然に手助けをするようになった。それが、ハナの親戚筋にあたる店主に気に入られ、「本格的に手伝ってくれないか」と声をかけられた。卓造は、調理に興味があった。

　丁稚時代は、三度三度が、すべてお仕着せだった。北前船では、賄いに専任にする水夫がいた。身体を動かせば腹も減る。鮮度も味も申し分がない漁師料理は、やせっぽちだった卓造の体格を見事に作り変えた。体力づくりへの貢献度も抜群。しかも自分では何も出来なくても、出されたものを食べていればよかった。

考えて見ると、すべて受け身で、食事をゆっくり味わう楽しみも自ら作って誰かに食べさせることもなかったのだ。これまでの人生では、食べることを楽しむゆとりはなかった。

卓造は、これもチャンスだと、喜んで食堂を手伝うようになった。パスタをボイルし、パイを焼く。それぞれに手順や工夫，セオリーがある。鍋を磨くのさえ、無心になれる得難《えがた》い時間だった。食堂のあれこれは、思いの外面白い仕事だった。いつでも、ハナが側にいてくれるのも心強かった。異国で出会ったハナの優しい笑顔は、心の拠り所だった。卓造にとって、ハナの存在はなくてはならないものになっていた。二人は、いつしか恋におちていた。

プロポースは、浜辺でと決めていた。

「私の家族になってください」という卓造に、ハナは微笑んで

「はい。私は、あなたがそう言ってくれるのを待っていました」と応えた。そして、

「親や親戚がなんというか、ちょっと心配。でも、肝心なのは、私たち。これからのこ

とは、一緒に考えましょう」と言ってくれた。

ハナには、有色人種に対する差別意識はなかった。

同じ頃日本では、徴兵告諭が発表され、翌年には徴兵令が公布された。また行政官布達により、大名・公家などは、華族に、武家を士族、農民や商人は平民とされた。政府は、他に、えた・非人の称を排し、身分や職業とも平民と同じとするという解放令を出した。しかし、引き続き経済的・社会的差別は残されていた。

ハナは、卓造との結婚をアメリカ本土にいる親族に報告した。親類の反応は凄まじいものだった。

「そんなこと許せるはずがない」「絶対やめさせなければ」

「あの男は、日本人でしょ。有色人種よ。あなたは、それでもいいの」

親は嘆いた。親類は困惑し怒った。

彼らは、困ったことに、自分たちが神に選ばれた優秀な民だと信じていた。白人は許容するが、有色人種は、無能で生きている価値など無いと思い込んでいたから、浜茶卓造とハナの結婚には猛反対だった。

卓造は、ハナを通して、ハナの両親に会うためにアメリカ本土の住居を訪ねたいと、打診したが、受け入れてはもらえなかった。結局、ハナの両親には会えずじまいとなった。

そこで卓造は、自らの名をタクゾウ・バン・フィールドと改名し、バン・フィールド家の養子になろうと提案したが、制度的に認められなかったばかりか、ハナの親族は、財産を守ることに躍起になり、彼女の弟のロバートを除いて、誰ひとり卓造を受け入れようとはしなかった。

ハナは、そんな両親や親族に愛想をつかし、親とも親族とも決別した。そして、二人で新天地を求めることにした。

雑貨店「バン・フィールド」開店

ハナと卓造は、ハワイで身につけたノウハウを生かして雑貨店を営むことを決め、準備をはじめた。

「コーヒーや軽食も出せるようにしましょう」ハナは、張り切って言った。

幸い一三歳で家を離れて以来、商いを志してきた卓造のこと、爪に火を灯すようではあったが、その日のために続けてきた蓄えは、塵も積もればで、そこそこのものとなっていた。一方、それなりの資産家の娘であるハナも、自分で稼いだもの以外に、祖父母から受け継いだものがあった。高望みさえしなければ店を建てることができそうだった。

知人の伝手で、土地の値段、治安、同業者の有無などを調べ、レッド・ランド・タウンという南部の町に土地を購入した。

周辺の畑は、レッド・ランド・ヴィレッジと呼ばれていた。ところが、このレッドランド（赤い土）の名称の由来は、昔、騎兵隊がこの土地のネイティブアメリカンを襲撃し、無抵抗の人々まで、皆殺しにして、この辺りの土を血で赤く染めたことだという。

この地名は、その記念としてつけられたと聞かされ、ハナも卓造も、途端に、胸が悪くなった。二人は、移住してはじめてそのことを知らされたのだ。

「人に任せっぱなしだったからな。土地柄をもっと調べるべきだった…」と猛反省。

「もう、この町には住みたくない。すぐにでも、引っ越したい」と思ったが、そうはいかなかった。すでに、この町に店をつくり終えていた。第一、資金は底をついていた。いまさら、手遅れというものだ。追い立てられ、踏みにじられ、命まで奪われたネイティブアメリカンの怒りがしみ込んだこの土地で、自分たちの手で、しっかりやるしかない。

二人は腹をくくり、雑貨店「バン・フィールド」を開店した。

最初は、客の入りも悪く苦労した。それでも、二人は泣き言もいわず、力を合わせて店を切り盛りした。その内、ハナと卓造夫婦の人柄、品揃えの良さ、野菜や果物の新鮮さ、看板メニューも認められるようになった。

まずは、卓造の淹れるコーヒーは、

「香りがたまらん」

「うまい」

「これがなくっちゃ」

「これを飲むとほっとするよ」と必ずおかわりをする常連客も増えた。

他にも、この店の料理の定番メニューには、三つの目玉があった。

その一つは、ハナの焼きたてパンケーキ。ふんわりした焼き加減が絶妙だった。

二つ目は、魚貝類や肉や野菜をたっぷり入れ、オクラを使ってとろみをつけたケイジャンスタイルのガンボスープ。

三つ目は、アメリカ南部に昔から伝わる古き良きアメリカ料理、チキンフライドステーキだった。このステーキは、フライドチキン風に作るので、チキンフライドステーキとよばれるが、なんと中身はビーフ。薄くのばした牛肉に衣をつけ、油で揚げ、ハナ自慢のグレービーソースをかけたこってりステーキだ。「うまい」と朝から注文が殺到した。

こうして、何より儲け本位ではない商いが評判をよんで、店は繁盛した。

四年目に入った現在では、常連も増え、身近な社交場となり、地域になくてはならない存在になっていた。

息子カイの誕生

それなりの苦労もあったが、店の経営もどうにか軌道に乗り、客の反応も上々。頑張れば頑張っただけのことを実感出来るようになっていた。

ハナが、ここに来た年に植えたクレイプ・マートルのピンクの花が輝くばかりに咲き、何か良いことがありそうな気がする初夏だった。ある日、ハナが卓造に「今日は、大切な話があるの。私たちの子どもが出来た……」と報告した。ハナ二六歳、卓造は三〇歳になっていた。

家族をすべて失い、自分の意志で選び取ったとはいえ、異国の地で、たった一人で生きる覚悟を決めていた卓造には、ハナとの結婚につぐ何より嬉しい報告だった。思わずハナを抱きしめ、二人で喜び合った。

それからというもの、卓造のハナへの気配りは、さらに徹底された。

「走るな」「絶対に重いものを持つな」「高いところの商品は、さわるのも駄目だ」という具合に、いちいち干渉。卓造が、それらすべてを、いそいそと臆面もなく代行した。子どもが無事に生まれて来ることだけを念じ、ハナの一挙手一投足を見守り、全身全霊を傾けた卓造の献身は見事だった。常連客の多くが「そこまでやるか？」と半ばあきれ、苦笑しながらも、誰もが幸せを分ち合った気分になるのだった。

そんな二人の間に、待ちに待った子どもが誕生した。見かけは白人そのものだった。色白で可愛い男の子は、カイ・バン・フィールドと名付けられた。

カイは、よく笑う子どもだった。生まれて一ヶ月もしないうちから、店の隅に置かれたゆりかごのなかで、客に愛嬌をふりまき、誰からも愛され、すくすくと成長した。人種差別や偏見を持たない父母の日常を反映、物心がつくころには、彼の周囲は、年齢も性別も人種も違う人々の笑顔であふれていた。やがて、「いたずらカイ」と呼ばれるほど、やんちゃだが、卓造とハナの薫陶《くんとう》を受け、幼いながらも、ものの道理が分かる子どもに育っていた。カイにとっては、世の中は、すべて愛情に満ちていると信じられた幸せな時間だった。

四、カイの学校、「分離する平等」？

カイの学校生活

やがてカイも学齢期に達した。卓造とハナは、カイの教育と今後について相談した。アメリカの教育行政は、連邦政府ではなく、各州に委ねられていた。州の教育局、教育委員会、郡教育局に管理したが、学校区と言う単位で、教科書、カリキュラム、授業日数や、休日までが決められた。教科書は、個人が教科書を購入するのではなく、州や地区が一括購入。無償で生徒に貸与されたが、同じものが何年も使われた。

広大なプランテーションを中心とした農業社会の南部では、黒人たちは、なくてはならぬ労働力でありながら、相変わらず差別された生活を送っていた。教育についても「分離する平等」がうたわれ、学校は、人種別に分けられていた。これでは、平等になるはずはなかったのだが、黒人と白人は別々の学校に通うのが普通だった。

ハナと卓造は、カイを地元の白人の学校に通わせることにした。二人が、このレッド・ランドの白人学校を選んだ理由は単純だった。その学校を経営している牧師の笑顔が、やさしそうで、温厚で善良な市民にみえたことだった。悪い評判も聞こえず(もっともバン・フィールドの客は、黒人が多かったのだから無理もないが)、卓造は、こんなにやさしそうな牧師がいる限り、まして聖職者たるものが人種差別などするはずがないと勝手に思い込んだ。

その白人学校の生徒は、一人残らず、アングロ・サクソンだった。

彼らには、物心がつくと同時に、黒人への差別を当然とする日常や習慣があった。全員が黒人・有色人種などへの敵意と反感をいだいていた。ユダヤ人と日本人の混血であるカイは異分子だ。当然の成り行きとして、いじめを受けることになった。何の理由もなく、しょっちゅう罵倒され、殴られ、蹴られた。ノートを破られることも日常化していた。もし、その場に、教師がいたとしても、見て見ぬふり。もはや、止められる者は、誰もいなかった。

町の中で、「おまえもあの黒人をなぐれ」という彼らの命令を拒否すると、いじめは、いっそう激しくなった。ユダヤ人と日本人の混血であるカイは、それだけでアングロ・サクソンの格好の憎悪の的となった。その上、彼の両親が経営している雑貨店が、黒人に対して好意的であることは、広く知られていたから、目こぼしはできなかったろう。もっとも、もはや理由などどうでもよかったのだ。カイは、標的そのものになっていた。

クラスメートのチャーリー・グラスは、白人だったが生まれつき足が悪く、何かと人より遅れを取ることが多かった。いつもからかわれ、はやしたてられ自分たちより弱い者として馬鹿にされていた。あるとき、黒人の子どもへの暴力加担に加わらなかったことから、「黒人を贔屓《ひいき》するろくでもないやつ」というレッテルまではられるようになった。孤立する彼にとって、捨て身でかばってくれるカイの存在は救いだった。

チャーリーは、心のなかでは、カイを「唯一友だちと呼べる奴だ」と思っていた。

カイの父母やその雑貨店に出入りしている黒人たちについても、悪い感情は持っていなかった。みんな、礼儀正しかったし、正直そうに見えた。いやな思いをしたこともない。

しかし、級友のカイへのいじめは、日々エスカレートするばかり。これ以上のいじめや制裁が、自分にまでふりかかってくるのは避けたかった。それを恐れたチャーリーは、ひたすら身をひそめていた。

カイはカイで、殴る、蹴る、隠す、壊されるが、いくら日常茶飯事でも、痛い目にあうことに慣れることは出来なかった。でも、我慢強さや負けん気は親譲りだった。カイは、卓造やハナには、泣き言一つ言わなかった。はじめは、何故自分が標的にされるのかが、分からなかった。事態が飲み込めるようになると、さらに卓造にもハナにも話すことができなくなった。そんなことをすれば、父である卓造を侮辱することになるし、母のハナを悲しませることになるだろう。とはいえ、カイも人の子「白人に生まれていれば、こんな目に遭わなくてすんだのに」と胸の中で母親への恨みごとをつぶやくことが多くなっていた。

ある日、カイは、とうとうハナに言ってしまった。

「ママはなぜ、日本人なんかと結婚したんだ？　おれは白人に生まれたかった」

それを聞いたハナは、カイが見たことのない哀しみの表情をうかべた。そして涙をこぼしながら、カイに手をあげた。カイの記憶では、ハナからたたかれたのは、はじめてのことだった。カイの中で、苦い後悔が広がっていた。

「カイ、あなたからそんな言葉を聞くとは思わなかった。あなたは、自分が何を言っているか分っているの？　あなたは、私たちや、自分自身まで否定しているのよ。あなたは私の両親と同じだわ」

普段と違うハナの大きな声を聞きつけ卓造が飛んできた。

「どうしたんだ？」

するとハナは、「この子は、あなたを侮辱したのよ」と事情を話した。卓造は、黙って聞いていた。

やがて、まっすぐカイを見つめて尋ねた。

「そうか、カイは、なぜ白人に生まれたかったんだ」

「白人学校では、黒人は駄目。日本人も、黄色人種だから駄目。あそこでは、白人じゃなければ痛めつけられるんだ」と訴えた。カイは、問われるままに、今まで一人で抱え込んで来た陰湿ないじめの実態について報告した。

「そうか……。よく話してくれた。気づいてやれず悪かった」

卓造は、カイを守るという父親としての役割を果たしてやれなかったことを悔やんだ。ハナはハナで、自分の気配りが足らなかったこと、これまでのカイの日常を思い、いつまでも唇をかんでいた。三人はしばらく黙って考え込んでいた。

白人学校から、黒人学校へ

やがてハナが口を開いた。

「あなた、カイは、白人学校をやめさせましょう。カイの安全はもちろん、あなたのいう夢を育てる勉強なんて、あの学校では出来ない。明日からは、この子を黒人の学校に行かせましょうよ」

「そうだな。俺も昔、ひどい差別を受けて育った。だから勝手に自由の国を夢見て、ここにたどり着いた。この国に来た時には、あんな身分差別がないだけでも、やっとその憧れ国に来たのだと思いこんでいた。そう、生半可な知識で、アメリカは素晴らしい国だと思っていたものさ。実際には、日本以上にひどい国だった。おれはもう差別は、人間社会につきものなのかとさえ思うこともある。現実が、幻想を持つ余地などないことを分からせてくれた。黒人も白人と似たようなものでなければいいが……」

「あなたは、お店に来る黒人を見ているでしょう」

「店の客は、同じ黒人でも例外的にいいやつなんじゃないか？　この町の黒人学校がいい学校だといいが」

話しながら、卓造は、いつしか人間不信に陥っていた自分を見つめ直していた。

屈辱の日々を思い出す度に、「差別をする側には決して立たない」と心に刻んでいながら、何と狭い了見に陥っていたのだろうか。我に返った卓造は、カイに学校の様子を、さらに詳しく聞いた。やがて、その実態やひどさに怒りが湧いて来た。

「黒人の間にも差別はあるだろうが、そこまでひどくはないだろう。確かに、白人の子どもたちが大人と一緒になって、黒人にリンチを加えているのを見たことはある……。それにしても、牧師さんの経営するあの学校までそうだったとは……」

「神父や牧師がリンチに加わるのも、実はよくある話だわ」

「そうか。ハナの言う通りだ。明日からこの子を黒人の学校に行かせよう」卓造も腹をくくった。

カイは自分なりに考えた。そして、白人学校を退学する前に、クラスメートのチャーリー・ダグラスに声をかけることにした。

「なあチャーリー、おれは、これ以上この学校にいたくない。ここをやめて、明日からは、黒人学校に行こうと思うんだ。君も行かないか」

「誘ってくれてありがとう。カイがいなくなったら、この学校には、おれの居場所がない。おれもそうしたいが、黒人の学校ともなると親にも断らないと……」

チャーリーも、ぜひそうしたいと思ったが、両親の了解を取り付けるのが先決だった。

カイからその報告を聞いた卓造とハナは、すぐにチャーリーの家に相談にいった。チャーリーの両親は、白人学校を退学すること、黒人学校に入れることのどちらもすんなり受け入れる訳にはいかなかった。あっさり容認すればしたで、K・K・K団と関わりのある隣人がなんと言うか考えただけで恐ろしい。でも、身体に障害のある息子が、いじめにあっていることにも、うすうす気がついており、なにもしてやれないことに胸を痛めながら日々を送っていた。ハナは、チャーリーの母親に、

「私は、息子を伸び伸びとまっすぐに育てたい。だから、子どもたちが安心して、勉強したり、友だちと過ごすことが出来る学校に通わせたい。でもあの白人学校では、それは叶わない。学校選びについては、今は、まだいろいろな制約があるが、わが子が、まっすぐに成長できる環境をつくるのは、子どもたちの親である私たちの仕事だと思うの」と熱心に訴えた。

その時、チャーリーが、つぶやくように言った。

「あの学校にいたら、あいつらの言いなりになるしかない。学校に入ってから、いま

まで、いつも、下を向いて過ごしてきた。学校にいる限り、気持ちが晴れることなんてなかった。頑張って何かをやろうとしても、やる前から、からかわれたり、つぶされたりする。そんなのもういやだ。俺だって、勉強だって、スポーツだって、身体が許す限り人並みにやってみたい。他にももっとやりたいことがたくさんある。カイがいてくれたら出来そうな気がする」

うなずいて聞いていたチャーリーの両親は、黙って頭を下げた。

「どうか、これからもよろしくおねがいします」

「こちらこそ」

こうして二人は、白人学校を退学することになった。担任に退学届けを出し、校長である牧師にも伝えた。教師も級友も、誰一人引き止める者はなかった。それどころか、

「お前らがいると授業が遅れてしょうがない」

「お前らには、黒人学校がお似合いだ」

「そうさ、お前らには勉強なんか必要ないんだから、もう二度とここに来るなよ」と

最後まで毒づいた。

翌日、二人は黒人学校に編入した。チャーリーは、かつて級友の命令で、黒人の少女への乱暴に加担させられそうになったことがあった。その時、その少女を助けた黒人の少年たちは、チャーリーのことを未だに覚えていたので、しばらくは警戒されていた。

しかし、

「彼は、暴力が恐くて、身を守るために、仕方なしにやったんだよ。すごく反省しているし、白人社会では、命令に背けない。弱い者ほどよく痛めつけられるんだ」

カイがチャーリーに代わって弁明した。チャーリーの態度を見守っていた黒人の少年たちは、やがて彼を許し、仲間として受け入れた。

五、未来を担う力を育てる

子どもたちが本当に学べる環境を

黒人学校のクラスメートは、誰もが心優しかった。カイとチャーリーは、黒人学校の生徒たちみんなと親しくなり、毎日を楽しく過ごすようになった。元々黒人に対して何の人種差別も偏見も持っていなかったハナと卓造は、この様子を見て、ますます彼らに好意的になった。

雑貨店に来る黒人たちは、行政が黒人学校をいかにないがしろにしているかを卓造とハナに話してくれた。カイも問われるままに、教師の数や設備の違いなど、白人学校との差を実感をこめて卓造たちに報告した。

教育の機会均等どころか、白人たちの本音は、有色人種の学力や知力が白人のレベルを超えることなど、あってはならないという考えだ。以前には、黒人は、読み書きを学ぶことも制約され、字が読めるというだけで、焼き殺された例もあったという。これらは、紛れもない事実だった。

それにしても、カイとチャーリーの学ぶ黒人学校の設備は、ひどいものだった。白人学校には、比べようがない。なにもかもが、不十分で、学ぶ環境には程遠かった。黒人学校の校舎は、屋根が崩れ、教室には黒板も無かった。その上、黒人の少年少女の使っている教科書は、白人の少年少女の使用済み教科書、つまりお古だった。それは、歴史認識もいい加減なものだった。教育には、個人が生きる力を得るための教育と、集団が人材を得るための教育があるが、この黒人学校のすべては、未来をになう子どもたちにふさわしいものだと言えるのだろうか、卓造は知れば知るほど疑問を持った。

卓造は、かつて、人から聞いた話を思い出した。

北越戦争で敗れた長岡藩では、石高七万四千石が二万四千石に減知された。なんとこれまでの実収の六割を失い、藩財政はにわかに窮乏した。藩士たちは、その日の食にもことかくありさまだった。この窮状を見かねた長岡藩の支藩三根山藩から百俵の米が贈られることになった。藩士たちは、これで暮らしが潤うと喜んだ。ところが、藩の重職であった小林虎三郎は、藩士には一粒たりとも分け与えなかった。贈られた米のすべてを売却。藩校設立の費用にあてた。藩士たちは、虎三郎のもとへと押しかけ抗議した。それに対し虎三郎は、「一〇〇俵の米も、食えばたちまちなくなるが、教育にあてれば明日の一万、一〇〇万俵となる」と諭し、藩校建設の意義を話して聞かせたという。

この話を聞いた時には、卓造も、国を担う人間をつくるっていうのは、その国の未来にとって、これほど大事な仕事なのだと、感心したものだ。

そして、遠回りにみえても、目先の利や食より先々を考えて、必要な手立てを打っている人が、ちゃんといる。わが身に置き換えれば、このように全体を見ている人もいるのだから、あきらめずにがんばっていれば、きっと道が開けるなどと、勝手に思い描いた。いつかは学ぶ機会も来ると、自らにも言い聞かせる心の拠り所にしたかったのだ。

この長岡藩の藩校建設優先は、確かに将来への布石としての教育を重視した表れだったのだろう。

しかし、卓造があの話を聞いてから、かなりの歳月が流れた。卓造も人並みに世間の荒波にも、もまれた。人の裏表や、政治や権力の実際も知るようになっていた。もはや、長岡藩の話もふくめ、すべてを額面通りに受け取るほど単純ではない。

これまでの体験によれば、為政者が施政に従わせるための思惑や、弱い者に我慢を強いる口実として、少し遠大な課題や目標実現の提起がされることが少なくないからだ。

考えすぎか……。

とまれ、ここでは、教育以前だ。黒人学校の軽視のされ方は尋常ではない。これから卓造がやろうとすることは、誰かに強制されたわけでも、施政者からの託言でもない。

卓造は、自分の青春の日々をも振り返った。学びたい意欲を持っていながら、自分自身が、算筆や語学を身につけるのにどれだけ遠回りをしただろうか。人間の持つ力は、学ぶことでより開花させることが出来る。

卓造は、何としても、子どもたちに学ぶ環境を整えてやりたいと思った。

ハナも同感だった。二人は毎日のように真剣に話し合った。そして、「俺たちには、教育の内容にまで立ち入ることはできない。でも、学校の設備や環境を良くするためなら、できることがありそうだ」と思い至った。

卓造とハナは、まず父母たちに相談した。

「気にはなっていたけれど、学校にまかせっぱなしだった」

「外観もひどいけれど、室内はもっとひどいらしいわ」

「せめて、出来ることからやりましょう」父母の話はすぐまとまった。

すぐに学校に協力を申し入れると、学校も大喜び。教師からは、

「私たちもぜひ一緒にやりたい」との返事があった。

父母たちは、まずは、みんなで学校の修繕に取り組むことにした。それなりにいろ

んな技術や特技を持っている父母もおり、屋根も戸棚も机も椅子も丁寧に補修された。小さなグランド整備も行われ、学校は見違えるほどきれいになった。母親たちは、カーテンを縫い、花壇を作り、季節の花を植えた。

教育の中身

卓造とハナは、次に、八方手を尽くして、白人学校で使っている教科書と同じものを手に入れた。教科書は、黒板と合わせてすぐ学校に届けられた。子どもたちは、目を輝かせて喜んだ。

卓造の友人に、張龍《チャンロン》という中国人の医師がいた。彼は、北部の町で、黒人やネイティブアメリカンのために尽力していた。

卓造は、彼の所に出かけ頼み込んだ。

「黒人学校の教師なってくれないか。そこには、息子のカイも通っているんだ」

張龍はあっさり快諾した。その結果を、すぐに学校に報告すると、学校側も人手不足の解消や教育水準のアップになると大歓迎。卓造は大いに感謝された。

張龍は、医者であると同時に、数学や理科はもちろん、歴史にも美術・文化にも造詣が深く、全教科を教えられるという教師としてもオールマイティ。まさに得難い人材だった。

赴任してすぐ、張龍は、子どもたちに歴史を教えた。大英帝国や十字軍、騎兵隊などが、有色人種に対してどんな仕打ちをしてきたか、コロンブスが、本当はどのような人物であったかなど、分かるように教えた。

「コロンブスの肩書きは、言うまでもなく大探検家と言うことになっている。だが、待て！　コロンブスの後ろの正体は、な〜んだ。知っているか？　実は、コロンブスは、征服者で、奴隷商人だった。歴史上の偉い人物だなんてとんでもない。彼らは、自分の国の鉱山や農場の労働力を補うために、アフリカ内陸部で奴隷狩りをはじめた。平和に暮らしていた罪もない住民を、拉致・誘拐・捕獲して奴隷船に押し込んだ。あまりにも、突然のことだ。彼らには、なす術もなかった。

追い込まれぎゅうぎゅう詰目に押し込まれた奴隷船は、狭くて、非衛生だった。そのうえ、一定の人数が揃うまで、ろくな食事も与えられずに何日も閉じ込めたまま放置されたのだ。死んで行く者も後をたたなかった。命長らえたものは、スペインのセビリア奴隷市場、西インド諸島、ここアメリカ南部に送られた。ひどい話だよな。君らも家族から聞いたことがあるだろう。それが、君らの先祖だという場合もある。どんな逆境にあっても、何が真実か、どう乗り越えはねかえすのか、見極める力を身につけることが大切だ。絶対忘れるなよ」

子どもたち自身が、目を開かされる授業だった。

張龍は、最初の内は白人学校で使われている教科書を使って授業を進めようと考えた。

しかし、実際に子どもたちに身につけてほしい知識を教えようとすれば、白人学校の教科書だけで授業をすすめることは出来ない。教科書そのものが、問題をかかえていることに気がついた。張龍は、自ら教科書をつくることにした。卓造とハナ、そして父母たちは、張龍のつくった教科書の印刷製本に協力、黒人たちに配布した。

卓造とハナは黒人たちに対する支援を、黒人学校だけにとどめず、アングロ・サクソンの経営する綿畑やサトウキビ畑で働いている黒人労働者にまで広げた。

これらは、ハナの弟で、連邦保安官をしているロバート・バン・フィールドの手助けがあればこそ出来たことだった。バン・フィールド家の人々は、卓造やカイを身内としては認めず、いまだに無視していた。彼らは「奴らは差別をされて当然だ」という偏見と人種差別の色眼鏡をかけて、すべての物事を見ていた。

ロバートだけは、そういう考えは持っていなかった。彼は連邦保安官として、意識的に姉一家の住んでいる町のアングロ .サクソンを監視した。おかげで、カイの住んでいる町では、私刑にかけられて殺されたりする黒人や、白人に犯されたりする黒人の少女の数が目に見えて減っていた。

また、サイクロンなどで、サトウキビ栽培ができなくなったアングロ・サクソンの経営する綿畑やトウモロコシ畑を買い取り、黒人たちの働く場を確保した。

それらの資金の大半は、ロバートが「バン・フィールド家の資産拡大のためだ」と、バン・フィールド家から調達した。バン・フィールド家の両親もいまでは年老いて、これらの投資が、まさか黒人支援のための散財だとは思ってもみない。増える資産管理はねがってもないことだったから「ロバートのやることに間違いはない。ロバートの蓄財能力もなかなかのものだ。さすがうちの息子だ」と安心して息子に任せきっていた。

六、人種差別に抗して

孤立しているのはどっち

卓造とハナの雑貨店や黒人学校をとりまく地域コミュニティは、白人たちの脅威となっていた。ここまでくると彼らも、白人社会と町の秩序を乱すものとして、容認することはできなくなっていた。

カイに至っては、見た目はほとんど白人だったが、白人の社会からは、完全につまはじきされていた。彼と共に黒人学校に移ってきたチャーリー・ダグラスと、その家族も、白人社会から疎外されることになった。しかし、彼らがどんなに卓造やハナたちを孤立させようとしても、それはできなかった。

培って来た信頼関係があり、白人の中にも密かに声をかけてくれるものもあった。黒人や中国人とのつながりもあった。

とはいえ、現実をみれば、有色人種には、選挙権はもちろん生存権もなかった。白人の有色人種（特に黒人）に対する私刑や殺害は事実上、合法化されていたと言っても過言ではない。

南部では、ほんの少し前まで、選挙で投票しようとした黒人、白人の暴力に抵抗した黒人、騎兵隊の侵略に抵抗したネイティブアメリカンなどが、「白人に手向った」という理由で殺されていた。

白人の有色人種に対する暴力事件の裁判が、まれに行われることもあるにはあった。この場合の陪審員は、ほとんど白人だった。どんなに証拠がそろっていても白人による有色人種殺害はあっさり無罪となった。中には有罪をとなえる白人陪審員もいたが、そういった者は、逆に仲間から孤立することになった。

誕生祝いのオルゴールの価値と労働と

カイは、音楽が好きだった。卓造とハナは、カイの一六歳の誕生日にオルゴールを贈った。

小型のシリンダーオルゴールはかなり高価なものだった。カーテル式のムーブメントで、エアブレーキの軸受けには、天然石が使用されていた。音量も豊かで、モーツアルトの曲が納められていた。

もらった当初は、感激して毎日聴いていた。ところが、元気なカイには、やりたいことがあふれていた。大切なオルゴールも、いつしかベッドに放り出され、埃をかぶるようになっていた。

ある日、クラスメートのリラン・リトルという黒人の少年が家に遊びに来た。彼が帰ってすぐのことだ。久しぶりにオルゴールを聴こうと思い立ったカイは、あのオルゴールがなくなっていることに気づいた。カイは、リランの家にでかけた。

「リラン、オルゴールを持っていったよな。それは、おれが親からもらったものだ。返してくれないか」

カイは、リラン・リトルが手にしているオルゴールを指さして言った。するとリランは、

「カイ、お前には、これを所持する資格はない」

「それは、どういう意味だ」

「お前には、このオルゴールの価値が分かっていないってことさ。こんなに高価な物を粗末にして。ベッドの上に放ってあったじゃないか」

「確かに」

「大事にしないのは、こんな高価なものが簡単に手に入ると思っているからだろう。ユダヤ人や日本人はぜいたくができていいよな。俺たち黒人は一生働いてもこんな物は買えない……」

カイは、しばらく黙って考え込んでいた。どんなに思い出そうとしても、これまでに、卓造とハナが、カイにこれほど高価なプレゼントをくれたことはなかった。貴重

な品だと分かっていたのに、大切にしきれなかった自分が恥ずかしかった。

「確かにお前の言うことも分かる。俺が、最初はともかく、せっかくのオルゴールを粗末にしてきたことは事実だ。オルゴールはお前のものだ。俺がいうのもなんだが、あれは親が誕生祝いとしてくれたものだ。大事にしてくれ」

カイは、その夜、オルゴールの一件を両親に報告した。卓造は、「彼はオルゴールの代金を払ったのか？」とカイにたずねた。

「金など受け取る訳がないさ。オルゴールがいくらするのか、リランも俺も知らない。それに、今回の原因はおれにある。リランは、ものを大切にすることを教えてくれたんだ」

すると、卓造は、静かにカイに語りかけた。

「あのオルゴールついて話しておこう。オルゴールは、見れば分かる通り外国製だ。たくさんの人の手で作られ、大切にされてきた貴重なものだ。そうやすやすと手に入るものではない。たまたま譲りたいと言う人がいたから購入できた。私は、ハナのためにと思ったが、ハナは、『音楽が好きなカイが喜びそう。本物に触れさせたい。これは、私よりカイに』と言うので、お前の誕生祝いになったと言う訳だ。リランが言う通り、やはりお前には早すぎたのだろう。しかしリランが、本当にものの大切さが分っているならば、その価値も分かっているはずだ。あれほど貴重な物を、ただで、しかも無断で巻き上げることなどできないはずだ。彼は働いたことがあるのか」

「リランは、親の畑を毎日のように手伝っているといっていたよ」

「カイ、リランにも、このオルゴールの価値が分かっているとはいえないわね。黙って持っていくなんてそれ以前だわ」

「う～ん。そうか。そんなこと言える立場じゃないけれど、その通りかもしれない」

「リランの畑仕事は忙しいのか？」

「あら、この間リランのママと話をしたけれど、彼は畑仕事の一部を気が向いたときに手伝っているだけ。彼が畑仕事をやめてもリトル家は困らないわね」

「そうか……。それなら明日からこの店で仕事をしてもらおう。むろんカイにも、働いてもらう。二人とも、物の価値も働くことの意味も分かっていないようだからな」

翌日、リランがカイを呼び止めた。

「昨日はあんなえらそうなことを言って悪かった。俺は、お前の大事なオルゴールを盗んだ。どうにも言い訳が出来ない。どう考えても悪いことだ。後で返しに行くよ。そしてお前の親にも謝りたいんだ」

「そうか。でもな、俺も大切なプレゼントを粗末に扱ったことを反省している。親たちを失望させてしまったよ。あれは、手に入れるのもむつかしいくらい貴重な物だそうだ。お前にやるから大事にしてくれ。それはそうと、パパがお前に話があると言っていた」

「えっ！　何の話だ」

「お前に、うちの店で働かないかっていっていたよ。畑の手伝いで無理か？」

「そういうことじゃなくて、黒人の俺が、お前の店で働くことが出来るわけがないだろう！」

「そんなこと誰が決めた。やっぱり、店の仕事は、やりたくないか？」

「そうじゃない。俺は黒人だ。商売の経験も能力もない。俺を雇ったりすればなんといわれるか。荷物運びならともかく、大損だ」

「そんなことやってみなければ分からない。親は、俺にも一緒に働けっていうんだ」

「そうか。俺にとっては、有り難い話だ。働くのはいいが、俺なんかきっとすぐにクビになるだろう」

「それは、お互いにやってみなければ分からないさ！　俺たちは、計算も読み書きも出来るじゃないか。俺たちの学校は、白人学校よりレベルが高くなっているって評判らしいからな」

「本当か！　黒人がちゃんとした仕事を持つってすごいよな。俺にもやれるだろうか」

「大丈夫さ。必ず出来るようになるさ」

二人は、翌日から、学校が終わると店に直行。閉店まで一生懸命働いた。

卓造は、単なる店番やお運びではなく、二人が商売の仕組みをきちんと理解し身につけることができるよう、時間をかけてノウハウを叩き込んだ。

商品や生産物の仕入れ（ニーズに合った品揃え&食堂部門ではメニュー）、価格の設定、必要経費の算出（店にかかわる諸経費や人件費）、利益の算出（一定の利益をどう確保するのか）、顧客・資金についてのポリシーまで、日々覚え込ませた。それは、人材育成の学校だった。二人は、それらを必死に、しかも楽しんで身につけていった。リランとカイが働き出したことで、やってくる若者たちが増えるなど店はさらに繁昌した。

リランは、ハナと卓造が提供してくれた仕事のおかげで、多くのことを学んだ上に、しかるべき手当の支給を受けた。リランの家族（とくに母親が大喜びで）は、「ハナと卓造のおかげで、うちのリランがまともになった。暮らしも楽になり助かっている」とバン・フィールドに感謝。あげく、ちょっとだけ自慢げに、立派になった息子のことを言いふらした。

おかげで、「卓造の店では、どうやらリラン・リトルを雇ったらしい。えらくいい待遇を受けているそうだ」うわさは、瞬く間に巷に広がった。

受け身では、問題は解決しない

ある日、数人の黒人の失業者が「俺たちにも仕事をさせてくれないか！」とバン・フィールドに押しかけてきた。その場に居合わせたハナは、「雇いたいのはヤマヤマだけど、ウチにはこれ以上の余裕はないわね」と断った。すると黒人たちは、口々に言った。

「そうだよな。でも俺たちは働きたいんだ。能力だってない訳じゃない。でも雇ってくれる所がないんだ……」

そこへ戻って来た卓造が話に加わった。

「雇ってくれる所が無いなら、あなた方がなにか事業や販売をしたらいい」

「そんなことできるわけがない」

「本当にそうだろうか？　私は、日本の身分制度の中で、最下位以下のえただった。えたというだけで、住むところも仕事も、ひどい差別を受けた。その居住区から出ようとするだけで、石が飛んできたこともある。貧しいなりに、お袋は、俺たちの衣服をこまめに洗ったり繕ったり、貧しいなりに精一杯こざっぱりとさせてくれた。それなのに、『お前は汚い』と言われ傷ついた。勉強がしたくて当時の学校にいけば、邪魔にされた」

いつの間にか、問わず語りをはじめた卓造の周りに、黒人たちが座り込んだ。

「ひどいなあ。でも俺たちにも身に覚えがある。それからどうした」

「俺には妹が一人いたが、何かある度に、教師までが『エタの分際で平民にたてをつく気か』と、俺たちを追い立てた。そんなことが続いて、俺と妹は寺子屋に行かなくなった」

「お前は日本人なのに、それでよくそこまで話せるようになったな。こんな立派な店まで持ってさ」

「英語以前のことだが、教会だけは、差別しなかったから、俺たちは、隠れてそこで勉強した。いつ行っても、白人の宣教師は嫌な顔ひとつせず、そっと中に入れてくれた。考えてみると、子どもだった俺たちに、聖書もキリストの教えも押しつけたりはしなかったが、キリスト教には、自由・平等・博愛の精神があることを、身をもって教えてくれたのもその牧師だった」

「それで、卓造は、白人を信用したわけだ」

「白人もなにも、人種の区別さえ知らなかった。アメリカがこんな国だとは思いもしなかったよ。キリスト教という宗教自体には、差別思想は無いと思うが、『差別意識』は、信奉者の中に未だにあるんだな」

「卓造お前の両親や妹はいまどうしている」

「死んだよ」

「俺の両親と妹は、流行の疫病にかかった。けれども、医者は診てくれなかった」

「ええっ……、それはまずいことを聞いたな」

「いいんだ。三人とも、殺されたに等しい死に方をしたんだ」

「………」

「御店《おたな》の主の配慮で、俺はなんとか家に戻ることが出来た。医者にも会い、なんとか命を助けてくれるよう懇願した。まったく無視された。もはや手の施しようがないと何もしてくれなかった。おかげで何の手当も受けられないまま三人とも死んだ」

「そうか、俺は、日本人は大嫌いだった。でも今の話を聞くと、お前もひどい目に遭ってきたんだな?」

「ああ。でもな、すべて悪い方に作用するわけではない。いろいろあっても、周りの情けに助けられてここまできたんだ」

ハナは、自分の夫もまた、困難な人生を切り開いて、今ここにいることを、改めて確認していた。

「これだけの店だ。ここで働いてもらう訳にはいかないが……」

と前置きした卓造は、彼らの生活や身が立つようにするには、どうしたらよいかを、一緒に考えた。

ロバートが買い取っていた綿花の農場の一部を菜園にして、野菜作りに取り組み、その収穫物を、「バン・フィールド」で販売したらどうかと提案した。彼らは、明日からやるべきことを見いだし、嬉しそうに帰っていった。

若者たち

その年、南部でもいくつかの大学が創設された。

カイたちは、一七歳になっていた。小・中・高校合わせて一二年間の義務教育の終了だった。学校が終わりになっても、帳龍は身近にいて、今後何を学べば良いか示唆してくれたし、卓造も熱心に、生涯教育とも言うべき、商いを含めた生きるための知識や技術を教えてくれた。

カイとチャーリーは、考えた末、進学を希望。帳龍の援助もあり、目当ての大学に入学することが出来た。とはいえ、カイは、授業が終わると、急いで帰宅。ひたすら分担した業務に励んだ。これが、大学に行くにあたって、卓造とハナに約束したことだった。

リランは、「俺は、勉強はもういい。早く一人前になりたいんだ。だからいまは、もっと身につけたいことがある」と言って、進学はせず、バン・フィールドの農場と店を掛け持ち、本格的に働きはじめた。チャーリーとその両親は、白人居住区から黒人居住区に移り、リラン・リトルの居る農場で働いた。

アングロ・サクソンの人々は、「お前らは黒人より下なのか？」とあざけったが、ダグラス家の人々は、もう体面など気にしなかった。手先の器用なチャーリーの母親は、洋服作りや手芸を教えて喜ばれた。

チャーリーは、幼い頃から、足が不自由で、身体の筋肉に炎症を起こす神経の病気にかかっていた。ところが、張龍の処方してくれている漢方薬とリハビリの継続によって、健常者に近い体になりつつあった。多少の遠出も可能になっていた。

カイ・バン・フィールドとチャーリー・ダグラス、そしてリラン・リトルとその恋人である黒人のリタ・ジョージイは大の仲良しとなった。さらに、その周囲には、いつもたくさんの友人たちが集まっていた。

共によく働き、学び、そしてよく遊び、夢を語り合い、輝く明日を信じて、青春のひとときを謳歌していた。

町の白人たちは、そんな彼らに好感をもってくれる人もあったが、彼らが楽しそうであればあるほど憎悪の目を向ける者もあった。中心人物たちは、「いつか、リンチにかけてやる」と言い交わしていた。

だが、ロバートの目が光っていたので、他の町の白人のように「気に入らない」というだけでリンチにかけることはできなかった。白人が黒人を殺すこと自体は、北部の町でも事実上、合法化されていたが、ユダヤ人は白人だった。しかも、アメリカの経済や政治にある程度の影響力や発言力をもっていた。同じ黒人や中国人も、ユダヤ人の友人となると、一〇〇%自由、気ままに私刑にかけるわけにはいかない。ある程度は、大義名分が必要だった。

そこで、「白人種の優越を維持する」ことを目的として設立された結社クー・クラックス・クラン(K・K・K)が、いまだに活動していた。

この秘密結社は、黒人に対して、テロリズムに訴えることを辞さない狂信的な目的を持ち、その活動は度を越していた。再結成後に行われた殺人や暴行の件数はうなぎ上りだった。当時は、暴力事件は、白人・黒人双方から行われたが、黒人が手をだしたという暴力事件など、白人のそれとは比べものにならなかった。

南北戦争後、奴隷から解放されたはずの黒人に対する白人のリンチ・差別意識は常軌を逸していた。日常的には、レストランへの入店拒否、公共の交通機関での黒人専用車の存在など、差別は、むしろ激しくなり、残忍さを競っているかに見えた。

そんな彼らが、バン・フィールドと、そこに繋がる目障りな奴らを放ったらかしにしておくはずはなかった。

彼らは、まずリラン・リトルにオルゴール泥棒の嫌疑をかけてきた。

当時のアメリカでは、白人を死刑にするには、殺人や馬泥棒などの罪が必要だったが、黒人を死刑にするのは泥棒程度で充分。どんなに異を唱える者があっても、あくまでも罰したい側の一方的なものだから、証拠を揃える必要もなかったのだ。

カイはもちろん、卓造とハナも、リランがカイのオルゴールを盗んだことを他言したことはなかった。ただ、リラン自身が、

「俺が悪い事をしたのに、卓造とハナは、とがめるどころか、おれに仕事をくれて、面倒をみてくれている。俺は、卓造とハナに感謝しているし、尊敬している」と、仲間に話をしたことがあった。それが、どういうわけか、尾鰭がついてK・K・K団の

耳に入り、都合よく脚色され利用されたのだ。

ある夜、K・K・K団の白人たちが、リラン・リトルを私刑にするといって、バン・フィールドに押しかけてきた。彼らは、久しぶりに黒人を火刑にできるということで、喚起の声をあげながらやってきた。

「リラン・リトルを引き渡せ」

「あいつは犯罪人だ」

「そうだ泥棒だ！」

するとと卓造は、顔色一つ変えずに言い放った。

「何をいっているんだ。うちの店の者に、いいがかりはやめてもらおう！　オルゴールは、リランがよく働いたボーナスとしてやったものだ。彼は盗みなどしていないし、そんなことをする人間じゃない。誰がそんなことを言っているんだ」

ハナとカイも同じことを言った。するとK・K・K団のひとりが、

「もし、彼の盗みが無罪だとすると、何をやってもいいことになる。俺たちがあんたの店の商品を黙って持っていってもいいということだよな」

「だから、さっきから、彼は盗みなどしていないと言っているだろ！」

「ウソを言うな。なにか弱みでもあるんじゃないか。読み書きや計算のできない黒人に雑貨店の仕事が勤まるはずがないからな」

「それは黒人に対する侮辱だわ。リランは、読み書きはもちろん、計算なんて誰よりも早いわよ。うちの客なら誰もが知っていることよ。試してみる？」

それには、同意できない彼らは、内心の動揺を隠して、なおも言いつのった。

「おい、不公平だと思わないか。俺たちは、たかが黒人一人を始末するにも四苦八苦しているなんて」

「お前たちも白人の権利を認めろよ」

「なにを言っているの。白人だけが人間じゃないわ」

「そうか。そう言えばお前は、ジャップ贔屓で、カラードの子どもを産んでも平気な女だ。まあいい、今日のところは引きあげてやる。いずれは、お前らも八つ裂きにしてやるからなー」

K・K・K団員とその支持者たちは、

「どろぼうなら、どろぼうらしく認めなさいよ」と口々に罵りながら、しぶしぶ引きあげていった。

話は、これでは終わらなかった。K・K・K団は、バン・フィールドに対して新たなデッチ上げを仕掛けてきた。医師でもある張龍は、病人治療用の薬草を、自分の畑で栽培していた。

「バン・フィールドのあの畑では、麻薬も栽培されている。その麻薬を卓造と店の黒人従業員たちが、闇で売りさばいているそうだ」

そんな作り話を町中に流した。もちろん、またしてもデッチ上げだった。証拠はない。それでも、当時のアメリカでは、有色人種にそんな疑いがかかっているというだけで十分だった。

彼らはまず、卓造を火刑にしようとバン・フィールドに再度やってきた。

「さて、今日こそ卓造を火刑にしてやる」

「おい、ハナとカイもついでにやっちまおうぜ」

「いやそれはやめておこう。ユダヤ人も白人だから、殺すと北部の人間がうるさい」

「そうだな」

「あわてるな。その内に張龍やリランも始末できるようになるさ」

「この町の黒人の中には、白人並みの給料をもらっている奴がいるらしい」

「そうだ。ここでは、黒人の子どもの方が白人の子どもよりいい教育を受けているって評判なんだ。その上、大学まで行くなんて生意気だろう。そんなこと許せるか。奴らのやっていることを、時間をかけて主張すれば、北部の連中も、いくらユダヤ人の友だちだといっても、奴らを始末することを否定しないんじゃないか？」

「そうだな、ハナもジャップと結婚したおかげで、ユダヤ人の間ではつまはじきにされているそうだ。彼女にも、いずれカラード贔屓にふさわしい最後が来るだろうさ。だが、今はいかん」

「今、血祭りにあげられるのは、タクゾウ・バン・フィールドだけだ」

彼らの身勝手な掛合いはいつまでも続き、K・K・K団を結束させ、火に油を注ぐように、あおり立てた。

火刑＝白人殺しの罪を問われて

その夜、K・K・K団の襲撃を察知した卓造は、カイとリランと張龍を前に、

「張龍、カイ、リラン。俺たちだけの力では、麻薬の栽培がデッチ上げだということを証明するのは不可能だ。隣町では、焼き討ちにあった店があるそうだ。北部に居るロバート・バン・フィールドの所に行き、力をかりて証明してもらうしかないな」

それを聞いた張龍は、憤った。

「待てよ！　向こうには何一つ証拠がないのに、なぜ俺たちを私刑に出来るんだ」

その時、ハナ・バン・フィールドが，慌ただしく部屋に入ってきた。

「卓造！　奴らが来たわ」

外には、大勢の白人たちが「バン・フィールド」を取り巻き、興奮してわめきたてていた。

「そこに居ることは分かっている。出て来い」

白人たちは叫んだ。卓造たちは、仕方なく揃って表に出た。K・K・K団の代表が、憎々し気に宣言した。

「今からタクゾウ・バン・フィールドの私刑を執行する」

火刑は、公開処刑そのもので、見せしめ的な要素が強いものだった。白人たちは、

「ついでにハナ・バン・フィールドもやっちまえ」

「そうだ、やっちまえ」その時、卓造が叫んだ。

「白人殺しの罪の重さを知っているんだろうな」

「そうよ！　私たちを何の証拠もなしに、私刑にすることなんてできないわ。政府だって黙ってはいないでしょう。ニューヨークには、ユダヤ人が沢山いるのよ！　この街に来る連邦保安官のロバート・バン・フィールドは、私の身内で、ユダヤ人だということを忘れないでね」

するとK・K・K団員たちは
「おい、ハナ。これ以上有色人種の肩を持つとアングロ・サクソンやユダヤからだけでなく白人社会の全てから孤立するぞ」

「確かにユダヤ人も半分以上は、有色人種を差別しているけど、そういう人ばかりじゃないわ。少なくともロバートは公平な人間よ。彼はカラード殺しに甘くないわよ！」

「チェッ、俺たちは黒人や日本人も自由にやることができないのか！　張龍やリランは見逃しても、卓造は始末するぞ！」

白人たちが、どんどん間合いを詰め、卓造に手を伸ばそうそうとしたまさにその時だった。カイがジャケットを脱ぎすてた。そして、火の付いたロウソクを高くかざして叫んだ。

「おい！これが何だか分かるか！」

「ダイナマイトだ！」

K・K・K団たちは、すぐに一歩下がった。

カイの胴体には、多数のダイナマイトが巻きつけてあった。

「火をつけて欲しくなかったら銃を捨てるんだな。お前ら、もっと下がれ」

リランは、彼らが捨てたライフルを手にした。

K・K・K団員と、そのとりまきは、「バン・フィールド」から潮が引くように、一斉に後ずさりした。腹の虫がおさまらないK・K・K団員の一人が、踏みとどまって、なおも挑発した。

「ダイナマイトなんかちらつかせやがって。お前らに、本当に俺たちを殺すだけの度胸があるのか」

「試してみるかい」

カイは不敵な笑みを浮かべ、彼らの足元にダイナマイトの束を投げつけた。男は、口ほどにもなく、怯えた表情で飛び上がった。すかさずリランが、ダイナマイトをめがけ、ライフルを撃った。ダイナマイトは爆発。逃げ切れなかったK・K・K団員数人が倒れた。張龍は、そのどさくさに紛れ、さんざん挑発していた二人のアングロ・サクソンをつかまえて銃をつきつけた。リランとカイは、それぞれに叫んだ。

「言う通りにしないとこの二人の命はないぞ」

「ダイナマイトは、まだまだあるぞ！　みんなそこを動くな！」

張龍もまた、捕まえたK・K・K団員二人に、さらに、

「俺たちを殺すのは、お前らにとつてわけのないことだろうが、俺たちもおとなしく無駄死などしない。お前らを道連れにするから覚悟しろ！　いいな」

その刹那。たまたま見回りに来た連邦保安官のロバート・バン・フィールドが、騒ぎを聞きつけてやって来た。

「いったいどうしたんだ」

ロバートが威嚇した。

すると、白人至上主義者で、自分もK・K・K団員である保安官が、一歩前に出て叫んだ。

「お宅にゃ悪いが、こちらにもこちらの事情があってな。俺たちが卓造を処刑しようとしたら、カイとリランがダイナマイトをぶっぱなしたんだ。奴らは白人殺しだ」

保安官がK・K・K団員であることは珍しくもなかったが、ロバートとの立場の違いは、あまりにも明白だ。

「そうかい。同じ白人殺しでも正当防衛なら無罪だぞ。先に手を出したのはどっちだ」

K．K・K団員の保安官は開き直った。
「有色人種が白人に対して正当防衛だと？　そんな不条理があるか」

「ロバート！　来てくれて良かった。この人たちが卓造と私たちをリンチにかけようとしたの。それで、カイとリランが反撃したのよ！　正当防衛でしょ！」

ハナの言葉に、K・K・K団の群衆が、一斉に叫んだ。

「そいつらは麻薬を栽培して売りさばいていたんだ。殺されるのは当たり前だ」

「そうか。君たちは、麻薬を売りさばいていたという証拠をつかんでいるのかな」

K・K・K団の群衆も、そう簡単には引き下がらなかった。

「売りさばいてなかったという証拠があるのか」

ロバートは、

「それは筋違いだな！　そっちの方に麻薬を売りさばいていたという証拠が無ければ処刑は出来ない。ましてやリンチなど」

K・K・K団の群衆も言い返した。

「他の町の白人は、有色人種を自由自在にやっているじゃないか。それは、罪になっていないぞ。お前たちは、なぜ白人の当然の権利を，我々から奪おうとするんだ」

「そんな権利は最初からないからさ」

「ハナは白人社会の裏切り者だ。バン・フィールドなんか、店ごと俺たちが焼き払ってやる」

「そうさ、隣町では、他の雑貨屋が焼き討ちにあったぜ。覚悟しな」

「とにかく、このことは、裁判でケリをつけよう。保安官、それでいいな！　もし、イヤだと言うならあんたは職を失うことになるぜ」

K・K・K団員である保安官は、少しの間黙っていたが、

「おいロバート。卓造や張龍は、俺たちを一人も殺していない。ハナも俺たちを傷つけたりはしていない。それに、なんといっても白人だから勘弁してやろう。だが、カイとリランはどうかな？　れっきとした人殺しじゃないか。合法的な手段がだめなら暗殺という手段もあるさ」

「ほう、そいつは誰に対する脅しだ。穏やかじゃないな。お前が二人を暗殺するとでも言うのか？」

「そうは言っていない。だが二人を暗殺したいと思っている白人はごまんといるということさ」

「そうかい、もし二人が殺されたら、一番の容疑者はあんただよな」

「有罪になったとしても、私が死刑になることはないさ！」

そういって、肩をそびやかした保安官だったが、遠巻きの人垣がどんどん薄くなると、怪我人らを運ぶ人々に紛れ、不承不承引き上げて行った。


裁判は、北部で行われた。北部の陪審員たちは、白人の死傷事件ゆえに、最初から結論さきにありきだった。まして、ダイナマイトの使用だ。こぞって、「有色人種の白人に対する正当防衛を認めるわけにはいかない」と主張し、カイとリランに求刑をしようとした。そこへロバートが登場して、「二人は、ハナを守るために、ダイナマイトを投げたのです」と釈明。

さらにはハナが証言に立ち、張龍の薬草畑は、バン・フィールドの所有だと述べた。

「この薬草園と張龍のおかげで、病気が治ったという人も多く、多くの人々から感謝されている」と訴えた。これで、麻薬栽培や販売は、証拠不十分だということになった。

賠償員たちは、カイを見て驚きの声を浮かべた。

「お前は、本当に有色人種か？」と訊ねた。カイの母親がユダヤ人であることを知るとカイの友人であるリランや張龍の行為も罪に問わなかった。カイはこの時、初めてハナとロバート以外のユダヤ人に会った。彼らは帳龍や卓造を肌の色だけで判断し、白人と見ると態度をひるがえすなど、差別意識丸出しだった。しかも、リランや張龍がバン・フィールドカンパニーの社員で、カイの母親がハナであることを知ると、途端に態度を変えた。

「ユダヤ人も白人の例外ではなかったのか……」というカイの問いに、「残念ながらその通りだ」

答えたロバートの声は悲痛だった。

七、生きる姿勢

逃避行には終わらせない

こうして、カイとリランは、合法的には無罪となった。しかしK・K・K団の側からみれば、二人が、「罪のない白人を殺した虐殺者」であることに変わりはなかった。南部の居住地で白人社会を敵に回した二人が、これ以上南部にいるのは危険だった。

卓造は、ハナ、ロバート、張龍、カイ、リランの六人で、今後のことを相談した。臆することも、退くこともしたくはない。しかし、背に腹はかえられない。若い二人には、未来がある。バン・フィールドに来てくれる黒人たちや黒人社会への考慮も必要だった。

全員で出した結論は、「奴らは、何をするか分らない。二人の身を守るために、一時南部を離れた方がよい」ということだった。

すぐに、実行することに決まった。カイとリランには、友人たちに、連絡を取る時間もなかった。覚悟は出来ていたとはいえ、見送りは、家族とリタだけというあまりにも寂しく慌ただしい旅立ちだった。期限や約束がない別れは、リタにとっては辛かっただろう。

ロバートは、二人を少しでも安全なところに、直接護衛もして送り届けてやりたかったが、立場上、それは出来なかった。そこで、急遽「地下鉄道」の生き残りに連絡をとり、カイとリランを託すことにした。

「地下鉄道」は秘密結社だった。奴隷制が合法だった南北戦争の前から、南部の奴隷州から北部の自由州やカナダに逃亡する奴隷を助けた組織だ。

逃亡奴隷には、高額な懸賞金がかけられた。彼らは、追手から逃れ、ひたすら身を隠し逃亡を続けなければならなかった。死の危険と隣り合わせの黒人にとって、行く先々で、彼らを助け、安全なところまで送り届けてくれる「車掌」たちはどんなにありがたい存在だったろう。

カイとリランにとっても、そうだった。行く先も定まらない身に、停車駅や下車駅で、さりげなく近づいては、道案内をしたり、食べ物をそっと渡してくれたりする人々は、なぜか懐かしかった。駅や街の片隅で、すれ違い静かに立ち去っていった。たった一瞬だけ、そっと交わした笑顔は、彼らの心をどれだけ灯したことだろう。

「それでも、世の中すてたものじゃない」

バン・フイールドの年老いた黒人客のセリフが、思わず二人の口をつくほど、思いやりに満ちたまなざしや、手のぬくもりに接しただけで、ほっとあったかい気持ちになったりした。二人は、黒人や先住民、奴隷解放を願う心と力を繋いだ「地下鉄道」の意志を引き継ぐ名もなく顔も見えない、たくさんの人々に助けられて旅を続けた。

こうして、北部オハイオ川北岸にたどり着いた。ここには、かつてはケンタッキー州から川を渡り、対岸の奴隷州から逃亡してきた奴隷を保護する拠点がいくつもあったという。奴隷たちは、晴れて自由の身となったが、二人には、目的地がまだなかった。それでも「地下鉄道」のガードは、ここまでだった。それ以後、二人は、北部の町をさらにさまようことになった。

アメリカインディアンと共に

行く宛も、仕事も、決まっていることはなにもない。しかし、追われる思いで旅をするのは、楽しいものではない。はじめのうちこそ意気揚々、風景や食べ物まですべてが興味津々だった。しかし町には、正体が分らない自警団もいた。気を緩めるのは命取りだ。二人はいつも追っ手への警戒を怠らず、来る日も、来る日も不眠不休で旅を続けた。

そこは、地図にも書かれていない荒野だった。飲むものも食べるものも底をついていた。運悪くひどい悪天候に見舞われ、もう立ち上がれないほど身体が冷え、節々までずきずきと傷んだ。二人は、とうとう行き倒れとなってしまった。アメリカインディアンしか知らないこの土地で、昼も夜もなく、昏々と眠り続けた。

倒れていたカイとリランを見つけたのは、アメリカインディアンだった。かれらに救出され、食べ物を与えられた。介抱してくれたインデアンによると、カイとリランは、仲良く三日三晩寝込んでいたと言う。カイはアメリカインディアンにたずねた。

「なぜ俺たちを殺さなかった」

すると、そのアメリカインディアンは、「お前は白人だが、兵隊ではなさそうだから助けてやることにした」と答えた。

カイとリランは、思わず目配せをした。そして言わずにはいられなかった
「そうか。俺らがインディアンだったら、白人の男は皆殺しにするがね」

そのアメリカインディアンは、

「お前も変わった奴だなあ、そんなに殺されたいか」

英語で話しかけながらナイフを手にした。このアメリカインディアンは、英語が分かるらしかった。カイは、ナイフをかざしている彼らを手で制しながら、

「いや、俺は命を粗末にはしたくない。もっとも殺されたからといって恨みはしない。

原因を作ったのは、白人だからな」

アメリカインデイアンたちのカイに対する態度と表情が、この瞬間に変わった。側で見ていたリランは、

「こいつは普通の白人と違って有色人種を差別しないんだ。有色人種を殺したことも傷つけたこともない。それに彼の母親は白人だが、父親は有色人種だ」

その説明に、アメリカインデイアンはうなずき、

「俺たちも白人全部が敵だとは思ってはいない。その証拠に、俺たちは、魂が通う白人からは援助を受けている」

真顔で大切なことを打ち明けてくれた。

「そうか、そういう白人もいるのか。それは救いだな。そんな勇敢な白人に、俺たちも一度会ってみたいものだ。ああ、まだ名前を言ってなかったな。俺はカイ・バン・フィールドだ。よろしく頼む」

するとアメリカインデイアンたちは、

「俺は月を眺める男だ」

「俺は魚を素早く捕る男だ」

と次々と自己紹介していった。

「俺はリラン・リトルだ」

最後にリランも名乗った。月を眺める男が言った。

「さっき武器を調達してくれる白人たちがいると言ったが、彼らは白人の例外さ。最初、お前たちを見た時、俺たちはカイがダンナで、リランは白人に使われている黒人だと思ったよ。インディアンを差別しない白人はそうそういるものじゃないからな。よくよく見ると、お前らは友だちだな」

「ああそうだよ。親友ってやつさ」

リランも相槌をうった。そして、

「俺も北部の白人に失望したよ。白人殺しは死刑でも、黒人殺しは罰金を払うだけでいいと言うんだ。それに、モーテルに泊まろうとしても、白人の集落では、俺はカイと一緒じゃないと泊まることもできない。それに、白人たちはいつも『お前なんかいつでも殺せるんだ』と言って脅迫してくる」

「それなら黒人の集落に泊まればいいじゃないか」

「そうはいかない。今俺たちは、K・K・K団に追われている。いわば、おたずねものさ。黒人の集落に泊ったりしたら、『罪人をかくまった』と追及される。そんなことになれば、集落の黒人が皆殺しに遭うかも知れないだろう。俺たちには、そんなことはできない」

そうした白人の残虐さを熟知しているアメリカインディアンたちは、それを聞き、黙ってうなずいた。

一〇日後の夜更け、ライフルや弾丸を運んで、スティービー・マックスとツィッピー・マックスという一組の白人夫婦がやって来た。月を眺める男が、この白人夫婦とカイとリランを引き合わせてくれた。四人は、自己紹介しただけで、すぐに意気投合した。

「これほど危険を伴う仕事を、お二人がなぜ？」

真剣に問うカイに答えて、スティービー・マックスは、

「これは、インディアンのやむにやまれない生きる権利、土地やくらし方や生き方を

かけた戦いなのさ。言いかえれば、白人による植民地支配に抗したネイティブアメリカンの武力による抵抗だ。武器がなければ戦えないだろう。

かつての『新大陸発見＝征服』とは、インディアンに対する征服や殺戮、奴隷化をもたらしたわけだが、さらに必要となった大量の労働力を補うために、今度は、黒人奴隷が大量に輸入されたというわけだ。アメリカは、むろんイギリスやヨーロッパ諸国もそうだが、領土を拡張するために、黒人と先住民族インディアンへの犠牲を強要してふくれあがってきたんだ。本当に恥ずべきことだ。

私たち夫婦は、人間を、肌の色やおかれている状況で、支配したり差別をすることを由とするわけにはいかない。やれること、実際にやっていることは、ささやかなフォローにしか過ぎない。だが人として、命を賭してもやらなければならないことがあると思っている。私たちは、覚悟をもってやっているつもりだ」

カイとリランは、命を賭してもの姿勢で、援助を続けて来たスティービー・マックスとツィッピー・マックスの真直ぐな眼差しとその覚悟に、心打たれた。

また、黒人とインディアンの歴史的ともいうべき関係性についてあらためて知ることになった。

スティービー・マックスは、腰を据えて話をはじめた。まるで黒人学校当時の張龍先生のように、熱心に説明をしてくれた。

「あるいは、君らも聞いていることだと思うが、かつて、植民や移民が先住民であるインディアンを上回ると、銃で武装した軍隊が出動。インディアンに対して、熾烈《しれつ》な軍事行動をはじめた。インディアン狩りは、紛れもない殺人政策にほかならなかった。

先住民であるインディアンは、住み慣れた土地を奪われ、排除された。アメリカ独立戦争、イギリスからの独立。南北戦争を経て、アメリカの連邦制と中央集権制の基盤が確立した。産業経済発展の時代に入って、産業革新や工業化が一気に進められた。鉄道建設もそれに拍車をかけた。その目的のためには、広大な土地が必要となった。心ならずも、さらに西へ西へと追い立てられた。さらに、農地や埋蔵資源確保や鉄道建設を口実に、インディアンを閉じこめていた保留地ですら、何回も丸ごと移動させるなど、勝手放題だった。

こうして、瞬く間に肥沃な土地の大半は白人のものとなっていった。インディアンはといえば、本来、土地は誰のものでもなく、部族がその使用権を持っていると信じていた。だから、突然軍隊が介入してきて、自分たちの土地を追われ、部族が強制的に保留地に移住させられても、今度は保留地が、インディアンが占有・使用するために用意された土地だと信じていた。

ところが、土地割当法以降は、部族共同体に割り当てられていた共有地が、インディアン個々人への割当てに変更され、土地はすべて、個人所有と「余っている」土地に分けられた。あろうことか、自治権はとっくに奪われていた。「余っている」とされる土地は、白人事業家などに貸し出された。このように簡単に法律を変えては、インデイアンの土地を狭めたり、居住地を変更させたりした。そのあげく、保留地の土地の多くが、白人の手に渡ることになった。土地を失ったインディアンは、生活手段を奪われ、その貧困化に拍車をかけることになった。

さらに同化策が強行された。教育を口実に、子どもたちを親から切り離して寄宿舎に押し込めた。子どもから大人まで、髪の長さから宗教まで統制・強要した。こうして、一方的な『秩序ある国家建設』のために、インディアンにとっては、命ともいうべき共同体の解体＝部族社会の解体が執拗に押し進められた……というわけだ」

長い話が、終わった。

「本当に野蛮人なのはどちらだ」

二人は、改めて思ったことだ。

インディアンという生き方

カイとリランの生活は一変した。アメリカンインディアンは、自分たちの住む自然を何より大切に生きてきた。彼らは、独自の文字や文化、農耕技術を持つ優れた部族もあり、それぞれ高度な精神文明を伝承していた。

不毛な保留地にあっても、夜明けとともに目覚め、日没とともに休む。彼らは、自然や大地こそ命の源だという。大地、空、火、水すべてを敬い、祈る。大空をはばたく鳥にあこがれ、日々充足して暮らしてきた。

元の土地では、母なる大地を耕し、トウモロコシ、豆、カボチャ、野菜を植えた。女たちは、そこに根を下ろし、子どもたちを育んだ。男たちは、バッハローを追う。狩りが成功すると、すぐに皮をはぎ、生やたき火で、部族みんなにふるまったという。残った肉は、料理したり、干したりして冬に備える。ビーフジャーキーは、冬の間中、彼らの貴重なタンパク源となった。土地を追われ、アメリカ政府のインディアン飢餓作戦によって、今ではバッハローもいなくなったが、彼らは、無欲だ。無駄な殺生はしないし、必要なだけしか採集しない。

アメリカインディアンが、病やケガに見舞われた時には、ヒマラヤスギ、セージ、スイートグラス、タバコなどの薬草を探す。病の原因をびっくりするほど的確に探り当て、自然治癒力がわくよう手当をする。

狩りの仕方、テントや毛皮の作り方、太陽を見るだけで方角が分かる方法、ネイティブアメリカン風のトウモロコシの育て方など教わったことは数えきれない。知識の宝庫ともいうべき知恵者も多かったが、誰もが、おごらず、ひけらかさず、自分たちのことを声高に語ることもない。

こんなに押しこめられていても、僅かばかりの森の狭間で、自分たちの生活様式を守ろうと努力するネイティブアメリカンの人々の暮らしは、どこか懐かしく、自然に寄添って生きていた。よく体を動かし、陽の光のもとで、暮らしをはかり、風や雨の音に耳傾ける生活は悪くない。人として生きることを取り戻したカイとリランは、そんな暮らしに、すっかりなじんでしまった。

とはいえ、精神の浄化に満足しているだけでは済まない日常があった。インディアンの鎮圧は、とっくに終了したと言われていたが、実際の奪取はいまだに続いていたのだ。

騎兵隊との戦闘には、二人も参加せざるを得なかった。そんな時には、カイは顔に土を塗りたくった。

ある日、ツイッピー・マックスが飛んできた。「騎兵隊が、黒人たちを使って、集落の東側に密かに砦を築いている」というのだ。

それを聞いたアメリカインディアンたちは、すぐにその砦を壊そうと相談をはじめた。スティーピー・マックスが、それを押しとどめた。

「向こうには大砲とガトリング銃がある。正面きっての戦いでは、どう考えても勝ち目はない。準備が必要だ。砦の設計図があれば、作戦をたてられる。設計図を手に入れることはできないか。なにか方法はないものか」

「設計者は白人だったよな」

「そう、砦の設計図を作ったのは、カール・ビーノというユダヤ人だ」

「彼は、黒人に対して理解のある人だと聞いたけれど……。その彼が、なぜインディアンの敵に回るのかしら、不思議だわ」

ツイッピー・マックスが疑問を口にすると、カイが言った。

「つまり、彼はこう考えているんじゃないかな。『黒人は、アメリカ国民になろうとして、白人に頭を下げ、差別撤廃に取り組み、自由にしてもらった』インディアンは、『合衆国』を拒否して、白人に逆らい、自分たちの力で生存権や自由を勝ちとろうとしている。それがけしからんとね」

「黒人は受け身じゃないぞ！　南北戦争の時だって俺たちの親や兄弟たちがどれだけ北軍に貢献したことか！」

リランは怒った。カイは、

「分かっているよ。事実がどうだったかは別さ。彼がそう考えているのではないかってことだよ」

スティービー・マックスが、そんなカイを見つめて、

「ここはカイに頼むのが一番いいだろう。カイ、なんとか彼に近づいて、設計図の話を持ちかけられないだろうか。どうしても手に入れたい！　彼が、もし持っているなら、盗んでも手に入れたいくらいだ」

「分かった。やってみよう」

カイは、スティービー・マックスが用意してくれた洋服や懐中時計を身につけた。

どこからみても裕福な若い紳士風だ。

「さまになっているじゃないか」

リランがカイをからかった。

「冗談を言っている場合か」

カイは、軽く手をあげ町に出掛けて行った。

情報キャッチのセオリー通り、まず酒場に入った。酒を注文しながら、周囲を見渡す。運良く騎兵隊員たちが、近くの席でとぐろをまいていた。カイは、その会話にじっと耳を澄ました。そして、驚くべき情報を耳にした。

「本当さ。あの黒人たちは、砦の工事がすめば皆殺しだそうだ」

「ええ！　何で全員殺したりするんだ」

「何でも、白人の中にも、インディアンのスパイがいるんだそうだ。そいつらが工事に携わった黒人たちを捕まえて、情報収集をするに違いないと思っているようだ。あの砦の構造を分析する恐れがあるんだと。言ってみれば口封じだな」

「ほう。それに奴らに死んでもらえば、金も払わずに済むからな。やつらは、ただ働きのままお陀仏って訳か」

「そういうこと！　ハハハハハ」

カイは、スティービー・マックスが、カール・ビーノを評した言葉を思い出した。

「彼は黒人を憐れんではいるが、その本質を理解してはいない」

カールが、事態を理解してくれることを願って、モーテルの彼の部屋を訪ねた。

カールは、カイを歓迎してくれた。

「ああ、君がカイ・バン・フィールドか。俺も、ずっと前から人種差別には反対だ。今日は、良くきてくれたな」

カイは、すぐに切りだした。

「あなたは、黒人への支援を惜しまない方だと聞いていますが、インディアンについてはいかがですか」

「俺は、黒人もインディアンも差別していないさ」

「それを聞いて安心しました。それならなぜ砦作りに協力されたのですか」

「あの砦は、メキシコが奥深くまで侵攻してきた昔の砦だ。実際に使われることはまずないだろう。それはそうとインディアンたちが、土地を明け渡したのは、それに見合う金をもらったからだと聞いていたが違うのか？」

「違います。彼らが金で、土地を手放すなんて、ありえないことです。だからこそ彼らは今、土地を守るために必死になって闘っているんです。それに、聞いたばかりの話ですが、あの砦の工事に組み込まれている黒人たちにも、生命の危機が迫っています」

「どういうことだ」

そこでカイは酒場での話をした。するとカールは、

「まさか。私の知っているリンカーンは誠実な大した政治家だった。リンカーンの仲間で、志を受け継いでいるはずの軍隊が、そんなことをするはずがない」

と、カイの話を信じなかった。

ところが、その翌日、砦の外に出ようとした黒人が殺された。事故に見せかけていたが、それを目撃したカールは、「こんなことならインディアンにこの設計図を渡しておけば良かった」と嘆いた。

「今からだって、遅くはありません。ぜひ、設計図をお渡しください」

カイはカールを説得した。設計図を受け取ったカイは、その足でアメリカインディアンの集落にもどった。首尾を案じていたアメリカインディアンのリーダーたちが集まり、届いた設計図をもとに、作戦がたてられた。

それから数日。それは、砦の工事が終わった夕方のことだった。黒人たちは、揃って砦の外のある広場に集められた。いくら黒人蔑視でも、誰もが工事に参加した黒人たちをねぎらうのだと思っていた。騎兵隊の隊長が一歩前に出てあいさつをはじめた。

「みんなごくろうだったな」

黒人たちも笑顔を浮かべた。ところが、隊長は、ここで態度を一変させた。

「ところで、大変気の毒だが、みんなには、ここで死んでもらうことになった」

ぞっとするほど冷たい声での宣告だった。黒人たちの後ろには、すでにガトリング銃が並んでいた。

黒人たちは、突然の出来事に声もでない。騎兵隊員が、撃とうとしたその時だった。リランが投げた石礫が見事に命中した。騎兵隊員は気絶。残る騎兵隊員もカイが、背後から忍び寄って気絶させた。カールが叫んだ。

「話は後だ。とにかくみんな早く逃げろ！」

黒人たちは、大急ぎで逃げた。

カールは、カイの方をふり向くと、

「これで俺も目が覚めたよ。今日から、俺はインディアンの味方だ。騎兵隊が虐殺をしているというのは事実かも知れないな」

今度は、リランが怒りをにじませて言った。

「何を言っていやがる。インディアンや黒人が、白人に虐げられているのは、この国では、どこでも見られる光景じゃないか。結局、白人の視点でしか物事を見ていないから、こんなにもはっきりしている事実が目に入らないんだ」

「昔、父が言っていた。人間は見たい事実は見るが、見たくない事実は見ないものだって。あの人も例外じゃないのさ。後世の歴史家が、この現実をどう書くか分かるよな」

「そうさ。インディアンは、虐殺と追放によって土地をうばわれたとは書かずに、金をもらって土地を手放し、そこに白人が住みついたと書くだろう。自分たちに都合のいい解釈をするんだ」

「それはそうと、これで砦の中は騎兵隊員だけになったな」

「ああ黒人は全員、外に出たようだ」

「そういうことになるな」

「火薬を使ってもＯＫだ」

「合図を送ろう」

「砦の奴らは、これで全滅だな」

スティービー・マックスとネイティブアメリカンたちは、砦の立っている地面の下までトンネルを掘っていた。そこには、多量のダイナマイトが仕掛けられていた。やがて、すさまじい勢いで爆発。あっという間に砦は崩壊した。

カールと黒人たちは、すでに逃げていた。後は、混乱しきっている騎兵隊員を撃退するだけだった。こうして砦は崩壊し、アメリカインディアンたちの不安の一つは取り除かれた。


カイとリランが、レッド・ランドからの旅立ちの際に、ハナが一番心配していたのは、インディアン保留地のことだった。

「あなたたちも、北部を巡るうちには、いつか保留地に立ち寄ることになるでしょう。

でも、インディアン保留地は、本当にひどい所だというわ。かつては、生のバッファローの肉を食べて来た部族に、古くなって腐りかかった牛肉や痛んだ野菜なんかが支給されているんですって。川や肥えた土地はすべて没収されているそうよ。トウモロコシの畑を耕すことも許されないなんて。そうなれば、支給される食糧を待つしかなくなるわよね。辛いことだけれど、それに慣れることは、もっと怖いでしょう。私は、彼らには、屈しないで！　といいたいわ」

カイの目の前に居るアメリカインディアンを見る限り、みんな健康そのものだった。ハナの心配は杞憂だったのだろうか。

いや、このアメリカインディアンたちは、保留地に閉じ込められてはいないのではないだろうか？

「なあ、俺たちが助けられた場所は、保留地じゃないよな」

リランが月を眺める男に聞いた。彼は、屈託なく言った。

「そうさ。良く分かったな」

すると顔の長い男があわてて諌めた。

「おいおい、何を言っているんだ」

「大丈夫。この人たちは信用出来そうだ」

「あれは、俺たちの大切な生活圏だ。何があっても守らなければならない。お前は、なにかあったらどう責任をとるのだ」

月を眺める男は、なかなか納得しない。

「それは当然だ。部族の命を、危険にさらす訳にはいかないよな」

「それって、残念ながら俺たちは信用されてはいないということか」

殊勝な二人の態度に、月を眺める男も、「いや、友だちは信じるものだ。今からそこに案内しよう」ときっぱりと言った。

彼らは、カイとリランを連れ、二人が行き倒れになっていた場所に案内してくれた。重い岩のかたまりを開けて見ると、そこには収穫間近のトウモロコシやトマトの畑があった。また、牛も何頭かいた。

「俺たちは、全員で保留地を脱走したんだ。この事は誰にも云うなよ」

「ああ、絶対言うもんか。なあ、リラン」

「ああ、おれも絶対に言わない。口が堅いのが自慢さ」

「何を言ってやがる。なんでもリタに話すくせに」

「残念でした。ここにはいませ～ん」


緑にあふれ、良く手入れされたその場所は、ただ単に食糧の貯蔵庫であるだけではなく、部族の女性や子どもたちの安全地帯でもあった。カイはたずねた。

「ここに、これだけの貯蔵庫があるなら、保留地の近くにトウモロコシを少しずつ植える必要はないのでは」

リランがすかさず言った。

「バカ。それは白人に対する目くらましだ。あの山の東側の畑も見つかったら困るが、それ以上にこの畑は大切なんだ」

魚をすばやく取る男も、「その通りだ。スティーピーもツィッピーもこの事実を誰にも言わない。だからお前たちも言わないでくれ。もし知れたら、奴ら騎兵隊は、すべてを焼き尽くし殺しつくすだろう」と真剣な顔で言った。これまで目にした彼らの情け容赦のないやり方を思い、全員がつかの間沈黙した。

そうこうしている内にスティービー・マックスから、騎兵隊の別な師団がこちらに向かっているという知らせが届いた。

またしても、騎兵隊と、カイとリランをふくんだネイティブアメリカンの対決が迫っていた。これは、紛れもなく抵抗戦だ。なんとしても部族を、子どもを、お年寄りを、女性たちを守らなければならなかった。敵に後ろはみせられない。カイは、またしても顔に泥を塗り、頭には布を巻いた。

ネイティブアメリカンは、彼らなりのやり方で……。カイとリランは、張龍から学んだ武術も駆使、力を合わせて必死に戦った。やがて、決着がついた。傷ついた者もいたが、味方に死者が出なかったのが不幸中の幸いだった。ここまでくれば、騎兵隊やK・K・K団に、白人と黒人が手助けしたと言う探索の口実や材料を与えることは許されない。

これ以上の長居は無用だった。カイとリランは旅支度を始めた。またもや急な出立になった。別れの時はつらい。

「みんな、ありがとう。俺は、ここで多くの事を学んだ。食べることも、衣服をつくることも、ほとんど全てを自分たちの力でやりとげるのが、どんなに大変なことか良く分かった。白人たちは、森で沢山のキツネやフクロウや動物を殺している。インディアンは、キツネやフクロウは、ネズミを食べてくれるありがたい生き物としてほとんど殺さない。自然から食糧を調達する時も、決して必要以上には取らない。畑を耕す時も、誰かをこき使ったりしない。地球はひとつの生命体だという考え方、みんなの生きる姿勢は、俺たちのこれまでとこれからの生き方について考えさせてくれた。心から感謝しています」

「行き倒れになった俺たちを助けてくれ、今日までここにおいてくれたこと、みんなのことは一生忘れない。ほんとうにありがとうございました」

カイとリランは、それぞれ心を込めて礼を言った。その時、月を眺める男が言った。

「嫌になったらいつでも帰って来いよ」

リランが笑って

「おおっ、奴ら（K・K・K団）との決着が付き次第戻ってくるさ」

「また、会おうぜ」

「達者で暮らせよ」

「お互いに！」

保留地と秘密の土地で、長いこと彼らの世話になり、寝食を共にし、心ひとつに戦って来たこと、疾風怒涛の同時代を共に駆け抜けたことを生涯忘れることはないだろう。二人は、さまざまな思いをかかえ、しばらく黙って歩き続けた。

八、俺たちの明日へ

一つの意思

二人は、汽車に乗ることにした。しかし、すぐに列車の車掌から足止めをされた。

「そちらは、一般車にどうぞ。黒人はこの列車には乗れない」と当然のことという。

しかもリランには、「あっちだ」と命令口調で言う。黒人専用車には、屋根がなかった。

二人は、揃って屋根なしに乗り、麦わらの上で横になった。

「なあ、カイ。俺は時々、自分が何の為に生きているのか分からなくなるよ。

俺は字が読めるというだけで、白人たちの目の仇にされ、ホテルだって、黒人専用以外は、お前がいっしょでなきゃ泊まれない。うっかり一人きりで泊ろうとすればたちまち射殺されるだろう」

「確かに。リラン、お前は黒人だから、白人社会の風当たりだって、俺よりずっと強く感じるだろう。よく分かるよ。俺は、見かけは白人ってことが、かえって負い目になっている。俺も思うことがあるんだ。まだ、小さい頃、白人からいじめにあったろう。張龍から武術を習い、強くなったときには嬉しかった。これで、今度は奴らをやっつけて見返してやれるってな。実際、いろんな場面で、身につけた武術で奴らを撃退することは、この上ない喜びだった。やった〜って興奮もしたよ。

でもな、この頃、人と争うこと自体が疑問なんだ。奴らは、黒人にも、インディアンにも暴力をふるう。これは許されることではないさ。俺たちのやっているのは、正当防衛だと思うが、暴力に正しい暴力ってあるのか。数の暴力を、数で制していたら、ずっと連鎖するだけだろ。

俺たちは何のために殺し合いをやっているんだ。もちろん大義がある承知しているさ。目の前の敵を撃退しない限り、こちらがやられることぐらい分かっているさ」

「カイ、待て、待て。言い出したのは俺だが、お前いつもと違うぞ。やきがまわったか？　それとも臆病風に吹かれたんじゃないのか」

「いや、言わなかったけれど、最初は俺も、自分でそう思ったよ。なんかへんじゃないかって。そして、おい！　なにを躊躇しているのかって自分をどやしつけたさ。でもな、違うんだ。武術も銃もマイトも技術的にはかなり進歩した。お前だって、そう思うだろう。俺様は、相変わらず怖いもの知らずさ。

だけど、奴らを包囲して殲滅したからどうだっていうんだ。どこまでいってもきりがない。終わりがないんだ。こんな事態を生んだ原因はなんだ。武力対決で解決したか。じゃあどうしたら解決出来るんだ？

いずれにしても、これは、一方的な侵略や暴力だろう。インデアンや黒人の受難や苦しみ、暴力の連鎖を根本的に解決するためには、どうしたらいいんだ。俺の世界は狭すぎる。俺らのやりたいことってこんなことだったのかって、思わないか。いくら正当防衛だといっても、人殺しから生まれて来るものはなんなんだ？」

「そうか……。確かに、なんでこんなことを繰り返さなければいけないのかって思うことは、俺にもある。でも、生きるためには、相手を倒さなければならない現実がある。誰かを守ろうとすれば、そこは逃げることは出来ない。どうしたら、平和な時代が来るっていうんだ」

「お前、これからどうする？」

「お前こそ、どうしたいんだ」

二人はしばらくお互いを見つめ合っていた。空は、どこまでも抜けるように青く、緑は風にそよいでいた。

故郷の町で

カイとリランは、久し振りに「レッド・ランド」に戻った。町の様子は、以前とはどこか違和感があった。

黒人の働いていた綿畑は、ことごとく白人達に売渡され、追い出された黒人達は、とうもろこし畑を手に入れるために、背に腹はかえられないと、森林を伐採して開墾を繰り返していた。

卓造とハナは、森林の伐採には反対だった。森がなくなれば、土も、川も、水もだめになる。やがて生態系がこわれ、生物にも人間にも影響が出ることは、自明の理だ。

卓造は、製材所にでかけ相談した。そのうえで、かしの木や杉などの樹木の間伐、除伐、枝打ちといった手入れを定期的に行い、森林の活力を保てる手だてを具体化した。製材所の協力を得た上で、農地と村中をうるおす泉の源流を確保した。レッド・ランドの白人にとっては、これらは許しがたい専有で、納得がいかないことだった。「俺達の飲み水が黒い肌で汚されている」「黒人が水の中に毒を入れている」とか誰もがそれと分かるデマを流し続け、折あらばと、バン・フィールド潰しを企んだが、もはや白人なら誰でも迎合してくれるような状況ではなくなっていた。

まして、ロバートが目を光らせていた。おまけに、今では、黒人の多くが、帳龍の指導・援助で、多少なりとも射撃や武術などの護身術を身につけていた。彼らも簡単に手出しは出来なくなっていた。

暮らし向きには、相変わらずばらつきがあったが、幸いなことに、白人も黒人もなにがしかの生活手段をもっていた。卓造とハナは、バン・フィールド・カンパニーで働く人々やその家族の、暮らしが立つよう目配りを重ねてきた。

一方、K・K・K団の中心人物は、ギニー・バン・フェルトという白人だったが、卓造とハナの店に対抗するように、町の反対側にバン・フェルト・カンパニーという雑貨店を開き、そのオーナーとして地域に君臨していた。彼は、「本来白人が得るべき賃金を、黒人がせしめてしまうから白人にまわってこない」などと言って、相変わらず黒人を目の敵にしていた。町は引き続き、いまだに一部の白人たちに支配され、対立もなくなってはいなかった。

しかし、アメリカの工業力の著しい成長に伴う移民の増加など、この町に停まらない社会と労働力の急激な変化と経済の変化が生まれていた。時代はまた大きく変わろうとしていた。

カイとリランはなつかしそうに町に入って行った。二人がバン・フィールドの前に立つや否や、一人の白人が、「カイとリランが生きていたぞ」と叫んだ。

たちまち、白人や黒人たちが集まってきた。

「どうした？」

今度は、さわぎを聞きつけた卓造とハナが店の入り口に飛び出してきた。そこには、一回り大きくなったカイとリランがいた。そして、誰かが呼びに行ってくれたのだろう。リランの両親とリタがやってきた。

あれから二年数ヶ月の歳月が流れていた。卓造は、二人の姿を見て、「おう、元気そうだ。ずいぶんとたくましくなったな」と言った。

実際に、二人は、アメリカインディアンとの暮らしでより逞しくなっていた。それに何よりも、日に焼け、身についた生活力がオーラになって輝くばかりだった。ひ弱だったあの頃とは、すっかり様変わりしていた。これでは、一対一では、とても勝てないと白人たちは感じただろう。黒人たちは言った。

「カイとリランは俺たちにとって英雄だ」

するとと白人の群衆の一人が、

「何を言うか。あいつらは人殺しじゃないか」

すると黒人たちが、

「先に手を出したのは、そっちじゃないか」

「なに！」

話は平行線をたどるばかり。我慢しきれなくなったカイとリランが、「お前ら、用がなければ帰れ」と言った。

以前と違って、みんないつの間にか立ち去っていった。

「よく生きていたな」

「お互いに！」

カイは父親と握手し、母親と抱き合い、みんなと肩をたたきあって無事を確認しあった。ハナは胸を張って言った。

「私たちは、奴らに殺されるほど軟じゃないのよ」

ちょっと得意気だったハナが、「でも、ここにいるみんなには本当に助けられたわ」と感謝を込めて、みんなを振り返った。チャーリー・ダグラスが駆け寄って来た。

「しばらくだったな。カイ、リラン」

何人かの友人も一緒だった。二人は、みんなに手をふり、チャーリーに笑顔を向けた。

「おっ！　チャーリーじゃないか。元気だったか」

チャーリーは、引き続き勉学に励んでいた。

「ああ、元気だ。お前も元気そうじゃないか」

「大学は面白いか？」

「ああ、あれから色々なことを学んだ。お前たちは、因数分解を知っているか」

「いや、知らないな」

「おれも、実はまだ良く分からないんだが、そういうときには、いまも張龍に聞くんだ。すぐに丁寧に教えてくれるんだ」

「それはいいな」

「お前、武術の方はどうなんだ？」

「ああ、やっているさ。最近は素手の戦いだけでなく、棒術もやっているんだ。張龍先生の友人の礼輝《レイホエ》という中国人が滅法強くてね」

「おれもその礼輝とかいう人に習いたいな」その時またなつかしい声がした。

「カイ」

「おお、リタ・ジョージィじゃないか！　すっかり綺麗になったな」

「口がうまいんだから」

じっとリタをみつめていたリランまで照れ笑い。次々と寄って来ては、声をかける友人たちに囲まれ、笑いがあふれる和やかな時が流れていた。

未来を担う子どもたちが守られてこそ

その夜、卓造、ハナ、ロバート、張龍、リランとチャーリーとリタの両親、カイ、リラン、チャーリー、リタ、それにバン・フィールドで働く、かっての仲間や二人の友人たちが、バン・フィールドに集まった。驚くほどの人数の久しぶりの笑顔の集合だった。それはさながら、カイとリランの報告集会であり、お互いの近況報告会でもあった。

卓造やハナが最初に手掛けた黒人学校整備も、いまでは設備も整い、教育内容が充実、優秀な生徒が多いと評判で、教育局が何度も視察にきたりしたそうだ。副校長となった張龍の奮闘もあって、確かに学力はめきめき向上、上級学校へ進学する者も出てきた。

例えば、チャーリーは、将来は張龍とともに、黒人学校の先生となって働きたいと願っていた。これは実現しそうだ。しかし、現実をみつめてみれば、就学も出来ない子どもも残されていた。しかるべき専門教育を受けた子どもたちについても、希望通りの社会的な仕事につく状況をつくるには、人種差別の壁などまだまだ問題が山積していた。

白人は法により守られていた。しかし、黒人が、白人の暴力から身を守るためには、さらなる社会制度の確立と強じんな体力と精神力が必要だった。文字通り、自分の身は自分で守らなければならない状況が、いまもつづいていたのだ。

「子どもたちの夢を実現するような地域環境を整えたい」

「なにより、誰もが安心して暮らすことが出来るよう、この町の平安を恒常化させたい」

　思いは共通していた。

　卓造が言った。

「かつての自分のように、差別や貧困で学ぶことが出来ない子どもをなくしたいという思いは、ますます強くなる。これからも子どもたちをバックアップする市民として応援するつもりだ」

「卒業生たちも、町や農園の担い手になりつつあるし、私たちも、もっとできることを考えなければ」

　ハナやチャーリーの母親は、具体的な相談まではじめた。張龍が、

「みなさん、ご協力ありがとうございます。こんなときまで、わが校の子どもたちのことを考えていただき感謝していますよ。とりあえずは、ご寄付よりも、親や周囲の大人が結束して、暴力を許さない毅然とした態度をとっていただくこと、なにかあったら、みんなで助け合って、世論をこちらに引き寄せるとりくみにご協力ください」

　大真面目に演説口調でいった。そんな張龍には、

「見事に副校長の発言だ！」

「うふ、わかりますか？」

みんなが大笑い。そんなとき、カイが口を開いた。

「学校といえば、黒人学校に移ってからの俺たちは、張龍先生をはじめ、いい先生に出会い、父母のみなさんに守られて、いま思えば恵まれていたんですね。今更ですが、感謝でいっぱいです。

俺は、保留地に行くまでインデイアンの子どもたちが、強制的に寄宿舎に入れられているなんて知らなかった。保留地の小屋に、一枚の写真が、貼られていた。アメリカ・インディアンの一〇〇人を超える子どもたちの集合写真だった。それに目を留めた俺は、その異様さに驚いた。だって、俺もそうだけれど、写真を撮ってもらう機会なんてめったにないだろ。ましてあの子たちのことだ、そんな時に、幼い頃の俺のように、一人くらいはしゃぐ元気な子がいても不思議はないだろう。ところが、ただのひとりも笑っていないんだ。一切の表情を失くしている子どもたちの集団を思い浮かべてみてよ。それにほら、インディアンは長髪だよね。それが、髪形も、服装も全部統一されているんだ。

言葉も部族語などの通用語は使えない。キリスト教や西洋文化を強制的に学習させ、身につけさせるのは手工業や技術のみ。でも、それは保留地では何の役にも立たない。『インディアンの歴史は、アメリカ合衆国の民族浄化政策とのたたかいだ』というのも理解できた。これは、同化政策っていうそうだが、いくら同化させせ洗脳しようとしても、強制では、人の心はそう簡単に同化されたりしないものだと俺は思ったよ」

「黒人問題も、インディアン問題も根は同じだからな」

ロバートが言うとみんなが深くうなずいた。

「それにしても、よく帰ってきてくれた」

「これからを思うと心強いかぎりだよ」

「みんなでやらなければならないことは、たくさんありますからね」

口々に言いたいことを言って肩をたたきあった。かつてのクラスメートたちも、それぞれの場所でがんばっていた。お互いの現在や夢を語り合えば、思いは重なり、笑顔が広がった。まして幼少期から共に過ごした仲間たちだった。

子どもを巡る話題が出れば、誰もがわがこととして身を乗り出した。子どもを、この地域を、守りたいという共通のねがいと取り組みは、ここにいるみんなのそれぞれの生涯をかけた志となった。

急な集まりでもあり、帰らなければならない者も出はじめ、あいさつが交わされ、いったんお開きにすることになった。

俺たちが明日をつくる

再び、ハナや母親たちが急遽持ち込んだ心づくしの手料理や飲み物が並べられた。今度はごく親しいメンバーが集まっていた。卓造が立ち上がって言った。

「さて、この後は、若者たちのショータイムだ。全員にこれからを聞かせてもらおうか。お前らは、全員一つのスタートラインに立っているような気がする。こんな時代だが、何を目指して生きていくのか。そいつは、俺たちにも関わりがあるからな」

これには、張龍、ロバート、チャーリーとリランの父親がそろって深くうなずいた。

「そうね。それは聞きたい！」

今度は、ハナやチャーリーとリランの母親まで手をあげた。

「さあて、それじゃだれからいこうか」

張龍がみんなを見回した。

すると、リランがすくっと立ち上がった。

リランは、突然、黒人霊歌「Soon Ah Will Be Done」を歌い出した。バスバリトンの良い声だった。

強制的にアメリカに連行され、奴隷としての厳しい労働を強いられた黒人たち。自分に繋がるすべてを断ち切られた極限のくらし。渾身のリフレインは、それでもそこで生きなければならなかった黒人たちの魂の叫びそのものだった。心揺さぶられ、静まった部屋。フルで歌い終わったリランは、

「今分かっているのは？　そうチャーリーは、教師になりたいんだよな？　良く考え、公平で、誰にも優しいチャーリーには、ピッタリな気がするぜ。じゃあ俺は、何をしたいかってことだな。俺は、まずリタと結婚する。これは、俺たちの約束だったたから

な。子どももたくさんつくりたいな。それから、リタを連れて、いずれはアフリカに行こうと思っているんだ。ちろんリタとも親とも、もっとよく話合ってからのことだ……。いろいろあっても、解放されて自由黒人になった奴隷は、『アフリカに帰ってもらうのが一番だ』って話があるよな。労働力が必要だと拉致しておきながら、今になって、なんで？　これは温情なんかじゃないんだな。だって奴隷主は、相変わらず、契約黒人をこき使っているわけで、自由黒人がいるというだけで不安だからだろう」

「えっ」

「契約黒人が影響を受けては困るってことだよ。そんなことをされるより消えてくれって話だろう。奴隷制度がなくなったというのはあくまで形式的なこと。現実は真逆だ」

ここで、思わぬ茶茶が入った。

「リラン、お前は、考えるより、行動が先だったけれど、演説もうまくなったな」

「おい、俺はお前のアフリカ行きの話を聞きたいんだ。早くお前のことを話せって」

「ああ　悪いわるい。張龍先生が教えてくれたように、オッホン！　アフリカでは、乗り込んできたイギリス対オランダ戦争以後、白人たちが手を組んだ。アフリカ人、カラード、アジア人をターゲットにしてのことだ。アフリカでは、白人の人口は全体の一〇%だというのに、土地法によって、黒人の方が一〇%にも満たない土地に押込められているそうだ。

なんか聞いた話だろう。俺たちが世話になったあのインディアンと同じなんだこれが。白人優位の社会維持のために、白人以外の人種を隔離、他人種との結婚まで禁止されているんだぜ。

カイと俺は、インディアン保留地を引き上げる時に、真剣に話した。一体俺たちは、これからどうしたいんだろうかって。俺は、黒人だ。肌の色で、徹底的に差別されてきた。同じ人間なのにおかしいだろう。許せない。むつかしいだろうが、俺は人種差別を失くしたい。リタのためにも、もう無駄な殺し合いはしたくない。自分の命を粗末にしたくはない。けれど、人生は一回きりだ。黒人の自由や平等のためにこそはたらきたくなったんだ。

さっきも言ったけれど、まずは、ここに帰ってきたらリタと一緒になると言う約束を、必ず果たすよ。それに、多少の親孝行もしたい。しっかり働いて、金もためないとアフリカには行かれない。かなりのブランクができてしまったので、あらためて卓造オーナーからもう少し仕事を教えてもらわなければならない。

アフリカに行ったら、俺たちも、卓造とハナのように雑貨屋をはじめようかって思っているんだ。そして、アフリカで、人種差別をなくす運動に関わって行こうと思っている。なあリタ？」

今度は、リタが立ち上がった。リランに答えてしっかりうなずいたリタは、

「リランが帰って来てくれて、本当に嬉しい。私もリランと一緒にがんばるつもり！今はまだ、料理も家事も、店の仕事も半人前。これから身につけなければならないこと、教えていただかなければならないことがいっぱいあります。リランの希望がかなうように、私なりにがんばるつもりです。みなさん、どうぞよろしくお願いします。

それから、これはお願いですが、私としては、私たちの結婚式は、ここでやるのが私の夢です。いつかみなさんに祝って貰えたらと思っています。明日からは、忙しくなるわ」

早速みんなから、「お〜し。結婚式は引き受けた」の声がかかり、惜しみのない拍手が贈られた。

「旅は無駄じゃなかったようだな。がんばれよ」

「ハイ、張龍先生」

「なんか　若いっていいわね」

「しっかり約束が出来ていたのね」

「ほんとうに。うらやましいくらい」

女性たちは、リタとともに定めたリランの歩む道に得心がいったようだ。卓造が、

「リラン、戻って来てくれてありがとう。アフリカ行きは、賛成だよ。アメリカでもアフリカでも人種差別の壁は依然として厚いだろう。だからこそ、黒人であり、インデイアン保留地も体験した君のような青年の役割はきっとある。出来るだけ早く実現出来るようにがんばろうな。それまでに、いつか向こうで開店出来るよう店のあれこれをまた勉強しよう。楽しみだ」

「さて、次はチャーリーだな」

「聞かせてよ。チャーリー。チャーリー」

　チャーリーは、笑いながら立ち上がった。

「俺、歌はだめだから、話だけだよ。さっきから出ているけれど、俺の将来の夢は、教師になることです。昔、白人学校に行っていた頃は、学校は楽しいところではなかった。足が悪くって、体力も学力も誰よりも劣っていたから、俺はいいようにいじめられたんです。歯向かうことなんか出来なかった。カイには、随分助けられたよな。俺は、本当は、勉強がしたかった。知りたいことがたくさんあったんだ。でも、白人学校では、教師は、決まりきった口調で教科書通りの決まりきったことしか教えなかった。

　カイのお陰で、白人学校を離れ、黒人学校に入って、嬉しかったのは、勉強ができるということだった。そして、何より張龍先生に出会えたことだ。張龍先生に教えてもらうと、どの教科も興味がどんどんわいてきて、もっと知りたくなるんだ。新しい知識を得ることは楽しい。足の病気だって、張龍先生が、今度は医者として、手当を重ね直してくれたんだ。見てよ！　ほら、この足動くでしょ。先生には感謝している。

最初は、張龍先生のように、病気になった子どもを助けられる医者になろうかと思っていたんだ。でも、俺には学校の先生が合っているような気がする。俺は、いつか張龍先生の跡継ぎになるつもりなんだ。俺の話はこれでおしまい！」

「そうだ、学校の先生がぴったりだ」

チャーリーの話を聞いて一番喜んだのは、張龍先生だった。

「跡継ぎが出来て嬉しいよ」

みんなが大きくうなずいた。チャーリーの母親は、涙ぐんでいた。

「ラストはカイだな」

「分かっているよ。さて、みなさんには、この三年間、父母や店をフォローしていただき、感謝しています。やっと、ここに戻ってきました。話をする前に、俺にも歌わせてください。俺は、アメイジング・グレイスを歌います。少しだけ、前置きをさせてください」

「いくらでもいいぞ。時間はたっぷりある」

ロバートがウインクした。

「ありがとうございます。この曲の作詞者、ジョン・ニュートンは、みなさんもご存知の通り、イギリス人で、親譲りの奴隷売買にかかわって富を築きました。やがて、その半生を悔い、牧師となって再出発しました。これは、悔恨と感謝を込めて作った賛美歌です。

今回、アメリカインディアンの保留地で暮らして、彼らから、この賛美歌について改めて教えてもらったことがあります。それは、彼らと同じ、アメリカインディアンのチェロキュー族にまつわる話です。チェロキュー族は、文字や文化、憲法や議会、裁判所持ち、新聞まで発行していた優れた民族でした。ところが、このチェロキュー族の土地で金鉱が発見されました。利権に目がくらんだ白人たちが、彼らの目の前で、家畜や家財道具を奪い、家には火を放ち、収容所に押し込みました。その上、チェロキー族の一万二千人もの人々の強制移住を強行、先祖から引き継いだ地を追われ、オクラホマへの徒歩による五ヶ月に及ぶ死の行進を余儀なくされたのです。

部族には、年寄りや、子ども、病人もいました。例外なく着の身着のままの出立です。厳冬の凍てつく道を、飢えと寒さと病によって、倒れるものが続出。弱い者から次々に命を失いました。これは、屈強な兵士でさえ耐えられない行軍だったといいます。しかも、同行の兵士によって殺されたものも少なくなかったそうです。四人に一人が亡くなったこの行進で、立ち止れば凍死するか、もっと死者が出ると、どんなにつらくても、歯を食いしばって歩き続けなければなりませんでした。

その時、チェロキー族の人々は、民族の誇りを胸に刻んで、どこか遠くをみつめ、このアメイジング・グレイスを自分たちの詩と言語でうたいながら、お互いを鼓舞しあって、死と隣り合わせの『涙の行進』を続けたそうです。

長過ぎるまえおきでした。このアメイジング・グレイスを、犠牲となった方々、今も戦っているすべての黒人、アメリカ・インディアンに捧げます。聞いてください」

心にしみる歌声だった。女たちは、涙を浮かべて聞いていた。歌い終わるとカイは引き続き話をはじめた。

「さて、これからどうしたら良いのか、リランとは何度か話合いました。俺らは、この時代に生まれ、人種差別がまかり通るこの町で育ちました。ここにいる以上、K・K・K団との理不尽な抗戦にも全力を尽くすしかありませんでした。皮膚の色で差別され、ときには私刑まで行われる人種的憎悪は、命の抹殺をもくろんでいました。親や友人、かけがえのない人間の命が奪われようとしている時に、手をこまねいているわけにはいきません。

張龍先生から武術の手ほどきを受け、少しずつ強くなってくると、やられない自信も持てるようになりました。いつの間にか、身体を張ってたたかうことにも、人を殺すことにだって慣れました。正直、怖い話ですが、それをなんとも思わなくなった時期もあります。やるかやられるかでした。

ところが、アメリカ・インディアンと暮らすことになり、人生観が変わりました。殺戮の繰り返しに、急に違和感を感じるようになりました。アメリカ・インディアンは、想像を絶する理不尽な仕打ちを受けています。どうしてあんな目に合わされているんだ。黒人だって同じです。騎兵隊のやっていること、奴隷商人やK・K・K団のやっていることは、殺害や傷害に手を染めた犯罪組織に等しいじゃないですか。それを許しているアメリカの政治は、どう考えても人種差別が基調になっているようにさえ思います。

同時にそれは、すぐれて経済問題なのだということに、最近やっと気がつきました。例えば、賃金を必要としない奴隷の需要が高まったのは、綿花をより安く作るためだったんですよね。奴隷貿易が禁止されている現在、それでは、労働力をまかないきれないから、移民など低賃金労働者を維持せざるをえない。今、どんどん移民が増えています。絶えず新しい労働力の流入が求められるのでしょう。それでも差別だけは残っています。このままでは、どこまで行ってもきりがない。

暴力に、正しい暴力も良い暴力もない。暴力・戦争からは何も生まれません。争い、戦争、暴力は、連鎖を生みます。本来、人は、生まれながらにして自由で、平等なはずです。まして誰もが、皮膚の色や国籍や宗教や身体的条件などによる差別を受けることがあってはならない。これを最初に教えてくれたのは、俺の父と母でした。また、張龍先生からも徹底的に教えられたことでした。

白人学校に通っていた頃、俺はいじめにたえかねて『白人に生まれたかった』と言って母親から叱られました。その時、母は、泣きながら俺をぶったたきました。父は、言うまでもない黄色人種です。日本で部落民と言う身分差別を受けて育ったといいます。私の母はユダヤ人、祖国を持たない民族です。混血である私にとっては、人を肌の色や人種で差別するなんてありえないことです。人は、法の下に平等だと……胸はって言える町を、国を作りたいと思っています。

では、お前は、何になるのかと問われれば、今まで人に話したことはありませんでしたが、俺は、まず、ほとんど通えなかった大学に戻ります。そして、ロースクールを卒業して、弁護士になります。人種差別をなくすために働きたいと思っています。ゆくゆくは、人種差別や隔離をやめさせる実効ある法律や施策作りをすすめられる力を身につけ、政治にも関わって行きたいとも考えています。父母には、この場をかりて、もう少しよろしくといいたいですね」

カイの話が終わっても、しばらくは、静まり返っていた。

「どうしました？　なんか変ですか？」

みんなをぐるりと見つめてからカイが言った。

「いや〜、子どもたちがこんなに立派になって、なんだか感無量だ。しかし、ますます希望がわいてきたよ。俺も、うかうかしてはいられないな」

張龍が笑顔で言った。うなずきながらロバートも、

「本当だ。みんないい大人になったたな。頼もしい。なんだかえらく嬉しいね。みんなの話を聞いて、こんな状況は、必ず変わる、この国の未来を信じたいと思ったよ」

見渡せば、チャーリーの両親も、リランの両親も涙をうかべ、肩を叩き合っていた。

卓造が言った。

「みんなありがとう。それぞれすてきな決意を聞かせてもらった。励まされたなあ。強い希望や夢や志は、きっと生きる力になる。君らのなりたい自分は、この国に必要とされているものだ。がんばれよ。明日は、君たちのものだってことを実感させられたよ。俺たちにできることは、なんでもするよ。俺たちも負けずに、明日を信じてもうひと頑張りだな」

「そうさ、俺たち熟年も負けてはいられない。長く生きてる分だけ、粘り強くお互いにやるべきこと、やりたいことの実現をめざして、がんばっていこうな」

それぞれの胸に決意を刻んだ夕べだった。

エピローグ

あれから三年。若者たちは着実に地歩を固めていた。

チャーリーは、希望通り黒人学校の教師になっていた。子どもたちに慕われ、張龍校長からも、厚い期待を寄せられていた。学校を支える親たちの協力もあって、校舎が新築された。お陰で、学校は就学率も高まった。卒業生の中には、進学する者も増え、何人かがバン・フィールドや卓造やロバートが関わる農場で働いていた。

リランとリタは、みんなの祝福をうけて結婚。若者たちの手作りの結婚式のユニークで楽しかったこと。ハッピーで温かい結婚式は、仲間たちの憧れとなり、未だに語りぐさだ。二人には、子どもが一人生まれ、リタはますますしっかりものになった。薔薇のような女の子に、リランとリタの両親はもちろん、卓造もハナも夢中。リランは、卓造たちの援助で、雑貨店の経営の準備をすすめ、リタは、ハナから料理の特訓を受け、今春家族で南アフリカ共和国に渡って行った。

今、リランとリタは、南アフリカ連邦で暮らし、人種差別とたたかっている。

彼らの渡った南アフリカ連邦の白人支配層の多くは、原住民である黒人の土地を奪い、農園を広げ、黒人を奴隷として使役していた人々の子孫だけに、差別意識は、骨の髄までしみ込んでいた。

アパルトヘイトの言葉が使われるようになったのは、第二次世界大戦後のことだが、徹底した黒人抑圧策そのものである人種隔離政策は、このアフリカ連邦建国直後からはじまっていた。

リランとリタは、そんな渦中に飛び来んだのだった。それでも、計画通りにがんばっていた。店は、開いたばかり。日々、苦労を重ねている最中だった。同行した広《カン》龍《ロン》は、リラン夫婦を助けながら、道場をつくり武術を教えているそうだ。

カイはといえば、昨年、優秀な成績でロースクールを卒業。念願の弁護士資格を取得し、弁護士として活躍している。町のもめ事にも目配り、みんなの信頼を集めていた。すでに政治リーダーとしての力を発揮。その姿に、「あいつは言ったことは、必ずやる。将来まちがいなく政治家になって人種差別をなくすために活躍するだろう」と、もっぱらの評判だ。

ロバートは、引き続き連邦保安官としての重責をになって、おおいに活躍している。多忙な日々にあっても、姉のハナたち一家と町への目配りを怠らない。

卓造とハナは、ますます元気だった。卓造は町の相談役的な存在となりつつあった。というのも、町の反対側の雑貨店のオーナーとして君臨していたギニー・バンフェルトが、欲に絡んで手を広げ経営に失敗。体調も思わしくないらしく、後継者争いでもめているらしいと言う噂でもちきりだった。そのせいか、このところ、K・K・K団も、すっかり影を潜めていた。

バン・フィールドは、少し大きくなった。喫茶・食堂部分を大きくし、店の品揃えもさらに充実した。そして、店の一部を住民に解放した。

ハナの提案で、困った人、不安を抱えている人、社会的に疎外されている人のホットスペースを開設したのだ。聞き手は、もちろんハナや女性たちだ。悩みごとをかかえてやって来た人々も、おだやかな笑顔を浮かべて帰って行った。

卓造やハナ、チャーリーやリランの両親たちから始まった学校改修プロジェクトも、今では、町にも目を向けるようになっていた。黒人学校の親たちも巻き込んで、自由に安心して暮らせる町、町の平安を守るさまざまなとりくみをはじめていた。

人種・肌の色・性別・言語・宗教などによって差別されることがあってはならない。

「もう泣き寝入りはやめよう」

「どんなささいなことでも、黙っているのはやめよう」

「差別を容認してはだめね」

「声を上げ、助け合っていこう」

そんな当たり前のことが、少しずつ口にできるようになっていた。

こうした取り組みは、この町に根を下ろし、肌の色や言語、宗教の違いを越え、若者たちの自己実現や自立支援、そのための環境整備にまで発展しつつあった。

しかし、世の中は、計画通りには行かないことも多い。

やがて第一次世界大戦がはじまった。

ヨーロッパから始まったこの戦争は、世界規模となり、卓造たちの取り組みも大きな影響を受けることになった。僅かな休止期間の後、君主や独裁者の指揮によって、第二次世界大戦が引き起こされた。

アメリカ合衆国においては、一二万人もの日系アメリカ人が財産を没収され、居住地からの立ち退きを迫られ、強制収容所に収監された。長い忍従の日々が続いた。一時的な例はともかく、二〇〜四〇年にも及ぶアメリカ在住者までが、集団で強制収容されたのは、日本人だけだった。幸いと言うべきか、卓造はすでにこの世にはおらず、強制収容の憂き目に遭うことはなかった。カイは、戦争下にあっても日系人の強制収容に抗してたたかった。

だが、日系人の多くは土地・家・財産を没収され、それから数年は、市民権を得ることすらままならず、反日と日本人差別に失意の帰国者も少なくなかった。

カイや、チャーリーや、リランたちのその後については、別の機会に語ることにしよう。

アメリカは、民意が反映される社会だと言う。しかし、長い間、白人を中心とした視点から物事が進められて来たことはまちがいない。これまで、その存在や役割が軽んじられて来た人々が、人種差別や人権侵害に抗議し、粘り強い闘いをすすめ、表舞台に登場してきている。いま、あらためて、知られざるアメリカの歴史を語る時期にきているのではなかろうか。

人種の違いを理由にする差別を撤廃することを定める多国間条約である「あらゆる形態の人種差別撤廃に関する国際条約」は、国連総会において宣言と条約を採択しているが、世界中から差別や貧困がなくならないのは何故だろう。

差別は、社会にも、私たちの身近な所にすら、いまなお存在している。他人事だなどと心を閉ざし、目をつぶっていては、何も解決しない。一人一人の力は小さくても、それぞれが声をかけあい出来ることからはじめよう、偏見や差別をなくして平和な地球をという願いは静かに広がっている。

だからこそ、いまなお、「戦争と貧困、あらゆる人種差別と偏見をなくしたい」と世界中の火を継ぐ人たちが、手を携えて歩み続けている。

松浦六三四（まつうら　むさし）
1963年、横浜まれ。
中学・高校での「いじめ」体験をつうじて、被差別部落、アイヌ、黒人、ネイティブ・アメリカン問題などへの関心を深め、執筆活動をはじめる。

俺《おれ》たちの明日《あす》へ

二〇一五年三月二十三日　第一版発行

著　者　松浦六三四
発行者　比留川洋
発行所　本の泉社
〒113-0033
東京都文京区本郷二-二五-六
Tel 03(5800)8494
FAX 03(5800)5353
印刷　音羽印刷（株）
製本　（株）村上製本所

ISBN 978-4-7807-1216-2 C0093 Printed in Japan